JN318729

Miss ハーバー・マスター

喜多嶋 隆

角川文庫
18863

Missハーバー・マスター　目次

1　レッド・フラッグを上げるとき

天候が急変するときは、まず風の匂いが変わる。特に、海に面した場所では……。

マリーナを吹き抜けていく海風の中に、わたしはその匂いをかぎとっていた。日なたの匂いの中に、あきらかに、ひんやりとした風の匂いが混ざりはじめている。心の中で、注意信号が点滅していた。

わたしは、ハーバー事務所に入っていく。事務所の壁にある気圧計を見た。ごくわずかだけれど、気圧が下がりはじめている。だが、これは予兆に過ぎない。わたしは、ハーバー事務所を出た。そこにいた若い男性スタッフの山岡《やまおか》君に、

「シケてくるわ。フラッグを変えて」と言った。ハーバー事務所のそばには、高いポ

ールがあり、その上にフラッグがはためいている。

緑のフラッグは〈出艇可能〉、黄色いフラッグは〈出艇注意〉、赤いフラッグは〈出艇禁止〉を示している。わかりやすいように、道路の信号機と同じ配色にしてあるのだ。

いま、マリーナには午前中の明るい陽が射している。〈出艇可能〉を示す緑色のフラッグが、そんな陽射しの中ではためいている。

「フラッグ、黄色ですか？」とスタッフの山岡君。

「赤よ」わたしは言った。山岡君は、少し驚いた表情をしている。それにはかまわず、

「急いで」と、わたしは言った。

マリーナの陸上に並べてあるヨットやモーターボートを海におろすためのクレーン。その近くには、2、3人のスタッフがいた。クレーンの方に早足で歩いていく。

わたしがスタッフに指示を出そうとしていると、ボート・オーナーがやってきた。出艇届けを手にしている。船名は〈さきがけ〉。21フィートのやや小型なボート。オーナーは、岩崎《いわさき》という。出艇届けの用紙を手にしているということは、これからボートをおろし、海に出ようとしている。

本来なら、ハーバー・スタッフがフォークリフトを使い、車輪つきの船台に載っている岩崎の船をここまで引っぱってくる。そして、クレーンで船を海におろす。けれど、わたしは岩崎から出艇届けを受けとると、

「残念ながら、出艇禁止にします」と言った。岩崎は、

「え、出艇禁止？」と言った。「何言ってるんだよ、ピーカンじゃないか」と、わたしにつめ寄る。岩崎は、ここから近い大船《おおふな》で建築会社を経営している。多くの作業員を使う仕事柄か、強気で、ときには乱暴な言葉使いをするオーナーだった。

「ピーカンで、べた凪《な》ぎじゃないか。何が出艇禁止だよ」

岩崎は言った。確かに、いまはよく晴れている。ハーバー内の水路にも、さざ波さえ立っていない。岩崎は、わたしを睨《にら》みつける。

「さっさと船をおろせよ、この女が」

「女も男も関係なく、わたしはハーバー・マスターとして出艇禁止にしました。間もなく、海が悪くなります」

わたしは言った。ハーバー・スタッフたちも、岩崎の知人らしい釣り竿《ざお》を持った男も、はらはらした表情で、わたしと岩崎のやりとりを見守っている。

「海が悪くなるだと。そんな」

「そんな馬鹿なことがあるとおっしゃりたいんですか。20分もすれば海はシケてきます」わたしは、カウンター・パンチのように、ピシャリと言った。ハーバー・スタッフたちに向きなおる。

「水置き艇の舫《もや》いをチェックして。必要なら、増《ま》し舫いをして」と言った。

このマリーナにあるヨット、ボートは、ハーバー・ヤードつまり陸上に並べられているものと、ハーバー内の海面に浮かべられているものがある。

海面に浮かべてある船は、〈水置き〉とスタッフたちに呼ばれている。それぞれ、〈浮き栈橋《ポンツーン》〉という短い栈橋にロープで舫ってある。

海が荒れそうになると、ハーバー・スタッフたちは船を舫ってあるロープを点検する。必要なら、〈増し舫い〉といって、舫いロープを追加して、がっちりとポンツーンにつなぐ。

わたしの指示に、ハーバー・スタッフたちは、きびきびと動きはじめた。30艇ほどある水置き艇の舫いを点検するため、早足でポンツーンに向かう。

それを見ていた岩崎が、わたしに向きなおった。

「よお、あんた」と言った。

「〈あんた〉じゃなくて、ハーバー・マスターの小森《こもり》です」

わたしは言った。いま着ているポロシャツの胸には、〈ハーバー・マスター　小森夏佳《なつか》〉というネームプレートがついている。

「わかったよ、ハーバー・マスターさん。おれの船を出艇禁止にして、もし海が荒れてこなかったら、どうしてくれるんだ。どう、責任をとってくれるんだよ」と岩崎。

「どうにでも」わたしは言った。舫いロープの点検をしているスタッフたちを遠目に見ながら言った。胸の中では〈この馬鹿オーナー〉とつぶやいていた。

「面白いじゃないか。それじゃ、もし海が荒れてこなかったら、責任をとって、ハーバー・マスターを辞《や》めてもらおうか」

岩崎は言った。わたしは、作業をしているスタッフたちを見守ったまま、「いいですよ」と言った。「面白いじゃないか」と岩崎。

スタッフたちがボートやヨットの舫いを点検する作業から戻ってきた。必要なら、舫いロープを補強する、その作業は完了した。

わたしは、双眼鏡を手にした。ハーバー事務所のわきにある階段を上がっていく。海を見渡すテラスに出た。海に面したハーバー事務所の二階部分に、広めのテラスがある。テラスに立つと、目の前に相模湾《さがみ》の海が拡がっている。

いま、目の前の海は凪いでいた。4月末の明るい陽射しが、海面にはじけていた。わたしのとなりに、岩崎がきた。べったりと凪いでいる海を眺め、

「シケるだと？　何、馬鹿なこと言ってるんだよ、ハーバー・マスターさん。もう、辞める覚悟はできてるんだろな」と言った。

わたしは、それを無視する。双眼鏡を遠くの水平線に向けた。

南西の水平線が、いやにくっきりと見えた。それを確認したわたしは、心の中でうなずいていた。陽射しが暖かく海がひたすら穏やかな場合、水平線は、ぼんやりとして見える。海面から上がる蒸気で、空中がもやっているせいだ。

その逆で、遠くの水平線がくっきりと見える場合、水平線のあたりで、風が吹いていることを意味する。風が吹いていて、そのあたりの靄《もや》を吹き飛ばしているのだ。

双眼鏡で見える水平線までは、せいぜい6海里《マイル》。陸上の距離にして10キロほど先だろう。ただ、その10キロ先の海面では、もう強い風が吹いている。

わたしは、双眼鏡を眼からはなした。水平線の方向から吹いてくる微風の中に、はっきりと湿った匂いがした。ひんやりとした肌ざわり。耳の奥の方でも、気圧が下がりはじめているのを感じとっていた。

わたしは、五感のすべてを使って海の荒れる予兆を確認していた。おそらく、突発的に発生した寒冷前線が、急速に発達し、近づきつつあるのだろう。

わたしは、また双眼鏡を眼に当てた。水平線に向けた。さっき見たときから20秒しか過ぎていないのに、水平線は、さらにくっきりと見えている。水平線近くの海面が、色を変えていた。初夏を思わせるグリーンがかった青から、紺色に近い青に変わっていた。

あと6、7分……。

わたしは、心の中でつぶやいていた。双眼鏡で海を見つめる。水平線近くの紺色は、どんどん拡がる。こっちに向かって、拡がってきている。

双眼鏡の視界の中。もう、海の半分は紺色になっている。紺色の中に、白が見える。白波だ。

わたしは、双眼鏡を眼からはなした。もう、肉眼でも、遠くの海が紺に色を変えているのが見える。遠いように見えても、ここから、せいぜい3、4キロなのだ。

南西からの風が、強まってくるのが感じられた。穏やかな微風だったのが、しだいに強まってきていた。もう、わたしの前髪をかなりな勢いで揺らせはじめている。

わたしは、頭上を見あげた。ポールの先端にかかげた赤いフラッグ。かかげたときはダラリとしていたフラッグも、いまや南西風をうけはためいている。

肉眼で見ても、海面がはっきりと変わってきている。見渡している海面の半分はすでに紺色に変わっている。

手前の海は、グリーンがかった青。その向こうは、紺色。くっきりと色が分かれている。そして、紺色の海面は、1秒ごとに近づいてくる。ぐんぐんと近づいてくる。もう、このマリーナから５００メートルまで、紺色の海面が近づいてきていた。紺色の海面は細かく波立ち、ところどころに白波が見える。

その5秒後。わたしの顔を風が叩《たた》いた。冷たく激しい風が、正面からぶつかってきた。わたしは、一瞬、眼を閉じ、開いた。

海は、すべて紺色に変わっていた。海面は、ギザギザと波立っている。一面に、白波が立ちはじめている。冷たく重く、飛沫《しぶき》を含んだ風。わたしの顔や体に叩きつけている。

わたしは、頭上を見上げた。さっきまで快晴だった空は、グレーの雲におおわれていた。不吉な印象のダークグレーの雲が、速く動いている。

ハーバーの中も、すごいことになっていた。ゼリーの表面のようだった海面も一変。小さく、とがった波が暴れまくっている。海面に係留されているボートやヨットは激しく揺さぶられている。ヨットの高いマストが、メトロノームのように左右に振れている。船を舫っているロープが、引っぱられるたびに、ギシギシという音をたてている。

わたしは、まだとなりにいる岩崎に気づいた。岩崎は、唖然《あぜん》とした顔をしている。無理もないだろう。25分前までべた凪《な》ぎだった海が、その表情をまったく変えているのだから。波高1メートルをこえるような白波が、絶え間なく押し寄せている。その白波は、襲いかかってくる獣《けもの》の白い牙《きば》のようだった。

もし岩崎が21フィートの小型艇で海に出ていたら、どんな目に遭《あ》っていたか……。たぶん、ハーバーの救助艇《レスキュー》を出動させるはめになっていただろう。

いまは4月下旬。陸では、春から初夏に向かう若葉の季節だ。けれど、海の上は違う。いまのように、突発的に荒れてくることが多い時期だ。

岩崎は、ボートを持ち海に出るようになって、まだ2年たらずだ。ボート・オーナーとしては、初心者といえる。この季節にひそむ危険など知らないのだろう。

岩崎は、まだ唖然とした表情でシケている海を見ている。ここでやつをやり込めるのは簡単だ。けれど、そんなことに、あまり意味はない。

わたしは、岩崎を無視。テラスからハーバー・ヤードにおりていく。あと1、2時間は、この状況が続くだろう。


「また、特訓してますね」と、スタッフの山岡君が言った。わたしも、うなずいた。

前線の通過で海が荒れた日から、4日が過ぎていた。ハーバーの中に、男の声が響いていた。

わたしと山岡君が立っているのは、ハーバー・ヤードの端だ。目の前は、ハーバー内の海面。船を舫《もや》ってあるポンツーンが並んでいる。手前から三番目のポンツーンには、ヨットが舫われている。船名は、〈MALAGA《マラガ》〉。オーナーは、澤田荘一郎《さわだそういちろう》という。もうすぐ70歳になろうとしているオーナーだった。

ヨットが舫われているポンツーンの上。澤田荘一郎と、1人の少年がいた。少年は、荘一郎の孫。利行《としゆき》という子で、確か高校2年生だ。

荘一郎は、孫の利行に、ロープワークを教えていた。ロープの結び方は数多くある。その中でも、ひんぱんに使うのは5種類ほどだろうか。

いま、荘一郎は利行に〈ボーラインノット〉というロープの結び方を教えていた。それは、日本語だと〈舫い結び〉と呼ばれている。ロープの先に輪をつくる結び方だ。最も有名なロープの結び方で、これを使う場面はとても多い。

言いかえれば、このボーラインノットを素早くできなければ、一人前のヨットマン、ボート乗りとはいえないことになる。

いま、荘一郎は利行にそのボーラインノットを教えていた。

わたしとスタッフの山岡君が立っているハーバー・ヤードは、海面から4メートルほど高い。そこからは、荘一郎たちのいるポンツーンを少し見おろすかっこうになる。

「ちがう、そうじゃない」

と荘一郎の声が聞こえた。孫の利行が、ボーラインノットをうまく結べないのだろう。この結び方は、そう簡単ではない。覚えるのに、多少の時間は必要だろう。

いまは平日の夕方。もう、出港する船もなければ、帰港してくる船もない。わたしと山岡君は、のんびりと、荘一郎たちを眺めていた。

祖父の荘一郎と孫の利行。その二人は対照的だった。荘一郎は、痩《や》せ型で背が高い。この季節だというのに、よく陽に灼《や》けていた。というより、荘一郎は一年中、陽灼けしている。それだけ、よくヨットに乗っているということだ。

一方、孫の利行は、色白。少しぽっちゃりとした体形をしている。度の強そうな眼鏡をかけている。


荘一郎が利行に〈ヨットマンとしての特訓〉をはじめたのは、あまり以前からではない。1ヵ月ほど前からだ。それまで、荘一郎はいつもシングルハンド、つまり一人でヨットを走らせていた。性格的に、一人で海に出るのが好きなのだろう。

そんな荘一郎が、孫の利行をハーバーに連れてくるようになったのは、春先。桜の蕾《つぼみ》がふくらみかける頃だった。ポンツーンに舫ったヨットの上で、そして海の上で、利行にヨット操船の基本を教えはじめた。それも、かなり熱心に……。

わたしが、そんなことを思い起こしていると、どうやら、きょうの特訓は終わったらしい。利行が、ポンツーンからハーバー・ヤードに上がってきた。わたしと山岡君に軽くおじぎをする。ハーバー・ヤードを出ていった。わたしは、バス通りに向かうその後ろ姿を見送っていた。利行は、どちらかというと、スマートフォンのゲームなどが好きそうなタイプの子だ。それが、どうして祖父のヨットに乗るようになったのか……。わたしの中に、小さな疑問が消え残った。

2　たそがれには、スペイン・ワイン

きょうも、そろそろ終わりか……。わたしは、胸の中でつぶやいていた。

午後5時を過ぎた。ハーバーの業務も終わろうとしていた。わたしが指示を出す12人のスタッフたちで、約400艇のヨットとボートを管理する、その仕事もそろそろ終わる。わたしは、ハーバー・ヤードから、ステップを7、8段おりてポンツーンに……。ポンツーンに舫われている船たちをざっとチェックしはじめた。

船で海に出て、やがて帰港する。そして、オーナーや乗組員《クルー》がポンツーンに船を舫う。それはいいのだけれど、その舫い方が上手でなく、ロープがほどけてしまうことも、時どきあるからだ。

わたしは、舫われている船たちをチェックしていく。特に問題はなさそうだった。やがて、〈MALAGA〉のところにやってきた。そのデッキには、澤田荘一郎がいた。

さっきまで利行を特訓していた荘一郎は、ヨットのデッキでくつろいでいた。ゆったりとした表情で、ワインを飲んでいた。

それは、いつものことだった。荘一郎は、ヨットを操り、ぶらりと海に出る。そして帰港する。片づけを終えると、夕方のデッキでくつろいでいる。その手には、いつもワイングラスがあった。

荘一郎は、酒を輸入する貿易会社をやっている。正確に言うと、かつて貿易会社を経営していた。いまは第一線をしりぞき、会社の経営は息子にまかせているという。

彼の会社が輸入しているのは、ワイン。主にスペイン産だ。以前、ワインといえばフランスというイメージだった。けれど、最近は事情が違ってきている。スペイン、イタリー、アメリカ、チリなど、さまざまな国でいいワインが造られ、日本にも入ってきている。

荘一郎の会社は、スペインとの取り引きに強いらしく、世界各国の中でも主にスペイン産のワインを輸入しているようだ。いまも、ヨットのデッキでくつろぎ、白ワインを飲んでいる。

　わたしの姿を見るとうなずき、

「そろそろ仕事は終わりかい？」と言った。わたしはうなずき、「ええ」と答えた。

「それなら、一杯やらないか」と荘一郎。右手に持っているグラスをちょっと上げてみせた。わたしは2、3秒考え、

「それじゃ」と言った。これまでも、荘一郎のヨットで、ワインをごちそうになったことはある。船のオーナーとのこうしたつき合いも、ハーバー・マスターとしての仕事の1つだ。それと同時に、わたしは、この澤田荘一郎というヨットマンに好感を持っていた。

　荘一郎は、かなりの資産家と思える。けれど、気どったところが、まったくない。ハーバー・スタッフとも気軽に話をする。そして、ハーバーでヨットレースや釣り大会があると、そのパーティー用にワインを1ダースとか2ダースとか提供してくれる。それも、内緒《ないしょ》でさりげなく……。

　もちろん、ベテランのオーナーたちは、ワインを提供してくれたのが彼だと知って

いる。けれど、最近ここに船を置くようになったオーナーたちや、若いクルーたちは、ワインを誰が提供してくれたのか知らずに、にぎやかに飲んでいる。当人の荘一郎は、そんなことを気にする様子がまったくない。ただ、微笑している。そんな荘一郎という老オーナーが、わたしには好ましく感じられていた。

わたしは、ポンツーンから彼のヨットに乗り移った。

荘一郎は、ヨットの船室《キャビン》に入る。ワイングラスを持ってきた。プラスチック製で、船上で床に落としても大丈夫なグラスだ。クーラーボックスから、冷えた白ワインをとり出す。わたしのグラスに注いでくれた。

「お互いに、お疲れさま」わたしが言い、荘一郎とグラスを合わせた。

荘一郎が着ている、洗いざらした感じの白いポロシャツが、夕陽の色に染まっている。まっ白になった髪は、短めに刈られている。顔や首は、深い色に陽灼けしている。年相応のシワがあり、顔のところどころにシミも見える。けれど、その眼には、強い光があった。ヨット乗りとしても、会社の経営者としても、自分が舵《かじ》を握り、ときには荒れた海を乗りきってきた自信と意志の強さを感じさせる瞳《ひとみ》だった。

わたしは、ワイングラスに口をつける。

「ずいぶん熱心に利行君を仕込んでるのね」

と言った。相手が荘一郎だと、彼の気どらない性格から、敬語を使うのが不自然に思える。荘一郎は、ちょっと苦笑い。

「まあね……」と言った。視線をハーバー内の海面に移した。

黄昏《たそがれ》の海面はいま、熟した桃のような色に染まっている。ときどき、波紋が広がっていく。小魚がはねたのだろう。そんな海面を、荘一郎はしばらく眺めていた。やがて、

「私も、いい年だ。いつまで、このヨットを走らせていられるか、それはわからない」と言った。淡々とした口調だった。わたしは、その横顔を見つめていた。

「もし私に何かあったとしても、その後も、このヨットには広い海を走ってほしいと思っている。そのために、利行を仕込んでいるわけさ」

荘一郎が言った。その言葉に嘘はなさそうだった。そういえば、荘一郎の息子というのを、ハーバーで見かけたことがない。もしかしたら、荘一郎の息子は、ひどく船酔いするたちなのかもしれない。あるいは、父と子の関係が、うまくいっていないのかもしれない。けれど、それは、わたしが口をはさむことではないだろう。

わたしは、無言でグラスに口をつけた。よく冷えた白ワインをひとくち。空を見上げた。近くの山を棲《す》みかにしているトビが2、3羽、輪を描《か》くように風に漂っていた。

「あの……」という声がした。わたしは、ふり向いた。一人の中年男が立っていた。金曜日。午後1時過ぎのハーバー・ヤードだ。

「あの、ハーバー主任の方ですよね」と相手が言った。〈ハーバー主任〉という呼び方は、完全な間違いではない。マリーナといっても、会社の形をとっている。その中でのわたしの役職名を、お堅く言ってしまえば〈ハーバー主任〉ということになる。けれど、面と向かってそう言われたのは初めてだった。

わたしは、相手を見た。四十代の半ばだろうか。グレーのスーツに白いシャツ。ネクタイはしめていない。少し後退しかけた髪は、二対八に分けている。フレームのない眼鏡をかけている。およそ、このハーバーの風景には似合っていない。こいつは保険の勧誘《かんゆう》か？

「何か……」わたしは言った。

「あの、わたくし、こういう者で」と相手。上着の内側から名刺をとり出した。わたしに渡した。

〈株式会社　澤田貿易　取締役社長　澤田浩一〉

と印刷されている。横浜にある本社の住所もある。

「澤田貿易ってことは……」と、わたし。

「そう、こちらにヨットを置いている澤田荘一郎の息子です」と相手が言った。わたしは、かなり驚いていた。荘一郎との印象の差が、あまりに大きかったからだ。同時に思っていた。この息子には、ヨットやボートに乗る雰囲気がまるでない。ハーバーで姿を見ないのもうなずける。

「何かご用で？」わたしは訊《き》いた。

「あ……ちょっとお話をさせていただけるでしょうか」と澤田浩一《こういち》。たまたま、いまは忙しくない。仕方がない。わたしは、シーマンズ・ルームへ彼を案内した。

ハーバー・ヤードの端。シーマンズ・ルームと呼ばれているスペースがある。日頃は、イスとテーブルが置かれているだけだ。オーナーやクルーたちが自由に使える場所になっている。わたしは、そこで澤田浩一と向かい合った。相手の言葉を待った。

「……父の荘一郎が、わたくしの息子の利行にヨットの指導をしているのは、ご存じですか？」と彼。わたしは、うなずいた。〈それで？〉という表情で彼を見た。

「端的に申し上げます。父が利行にヨットを教えているのを、やめさせたいんです」

と浩一。わたしが何を言おうか考えているうちに、相手が話を続ける。

「ご存じでしょうが、利行は高校2年で、とても大切な時期なんです」

「大切……」

「もちろん、大学受験をひかえてという意味です」と浩一。利行はいま、私立の進学校に通っているという。それは、神奈川でも有名な進学校で、わたしも名前は知っている。

「利行は、すでに進学のための塾に通っています。この夏休みも、みっちりと学力を上げる必要があるでしょう」

「高校2年なのに？」わたしは、つい訊き返してしまった。浩一は、少し馬鹿にしたような表情で、わたしを見た。やっぱり、わかってないんだ、この女は、という表情。

「この時期から準備をはじめなければ、一流大学への合格は望めません。わたくしとしては、利行に確実に合格してほしい。そのために、いい塾にも通わせているんです。ところが父の荘一郎が……」

「ヨット？」

「そうです。この大切な時期に、ヨットなんかを教えはじめた」と浩一。〈ヨットなんか〉のひと言《こと》には、少しむかついた。が、知らん顔をする。

「いまの利行には、ヨットなどにうつつをぬかしてる時間はないんです。だから、なんとか、それをやめさせて欲しいんです。ハーバー主任のあなたから、父の荘一郎に働きかけてもらうことはできないでしょうか」

浩一は言った。わたしは、軽くため息。腕を組んだ。

「はっきり言って、わたしのところへ、そういう話を持ってくるのは、おかど違いだと思いますよ。それは、家族内のことじゃないですか」

わたしは、当然のことを当然のように言った。ぴしゃりと言った。

「家族といっても……」と浩一。少し口ごもる。声のトーンが落ちる。ぼそぼそと説明しはじめた。

いま現在、荘一郎は鎌倉の大町《おおまち》に昔からある屋敷で暮らしている。妻は6年ほど前に亡くなり、いまは通いのお手伝いさんが家事をやっているという。

一方、浩一の家族は、鎌倉駅に近い所にあるマンションで暮らしている。荘一郎との行《い》き来《き》はほとんどないらしい。

「月に1回、父の荘一郎は横浜にある本社にやってきます。父はいま会長なので、会社の業績について社長のわたしが報告します。簡単な報告をきくだけで、父は帰ってしまいます。それ以上、話をすることはありません」

「……でも、利行君は、あなたと住んでるんでしょう。話す時間は、いくらでもあるんじゃないですか？」

わたしは言った。浩一は、口をつぐんでしまった。その表情が曇っている。しばらくして、

「反抗期、なんですかね……」と言った。

「半年ぐらい前から、会話が減ってきたんです、親子の会話が……。こちらが何を言っても、〈ああ〉とか、そんな言葉しか返ってこなくなってしまって……」と浩一。

反抗期……。高校2年ということを考えると、それもあり得《え》るだろう。

「とにかく、それは、家族の問題で、わたしに話しても、まったく時間のムダだと思います」と言った。この男と、これ以上話していたくなかった。

「へえ、イサキ……」

わたしは、カウンター席から身をのり出して言った。カウンターの向こうでは、雄《ゆう》作《さく》が出刃包丁でイサキをさばいていた。

ハーバーから家に帰る途中にある店、〈フジツボ〉。わたしの幼なじみである雄作がやっている居酒屋だ。この店のとなりは〈新倉《にいくら》酒店〉。雄作の実家だ。つまり、雄作は実家のとなりにあった、かなり狭いスペースに店をつくった。実家の酒店にへばりつくように……。

まるで、どこにでもへばりつくフジツボのようだった。3年ほど前、ここに居酒屋をつくると雄作が言い出したとき、〈店名は、フジツボだね〉と言ったのは、わたしだ。雄作は苦笑いしていたけど、結局、店名はフジツボになった。

それから約3年。この葉山の町内に居酒屋がほとんどないので、雄作のフジツボは、なんとか営業している。どう見ても雄作が商売上手とは思えない。たまたま、となりが親のやっている酒屋なので、酒類がかなり安く手に入る。そのおかげもあって、なんとかフジツボは潰《つぶ》れないで営業している。

いまは夕方の5時過ぎなので、店にお客はいない。まだ暖簾《のれん》も出していない。

「もう、イサキの季節なんだ……」

わたしは、つぶやいた。イサキは、6月あたりの梅雨《つゆ》どきに味がのると言われている。いまは、まだ少し早いはずなのに……。

「漁師の茂《しげ》さんが、秋谷《あきや》の沖で釣ってきたんだ。よさそうだから仕入れてみた」と雄作。包丁を使いながら言った。茂さんは、わたしや雄作が親しくしている中年の漁師さんだ。確かに、いまさばいているイサキはよく太っていた。そこそこ脂ものっていそうだった。

やがて、イサキの刺身はできた。雄作が、カウンターごしに、皿に盛った刺身をわたしの前に置いた。わたしは、箸《はし》を持つ。イサキの刺身に、ちょんとワサビ醬油《じょうゆ》をつけ口に入れた。5秒後、

「あ、いけるよ」と言った。少し時期が早いわりには、味も脂ものっている。わたしは、ビールをぐいと飲んだ。カウンターの中では、雄作も刺身を口に入れ、うなずいている。

「雄作も、居酒屋のオヤジとして一人前になってきたね」と、わたしは言った。「オヤジかよ」と雄作。苦笑いした。

「夏佳、さっき店に入ってきたとき、少しむかついた顔してなかったか？」

雄作が言った。わたしは、ビールのグラスを片手にうなずいた。イサキをつまみ、ビールを飲みながら、きょう、ハーバーにやってきた澤田浩一のことを話しはじめた。

といっても、浩一のことを話すには、ヨットのオーナーである荘一郎のこと、高校生の利行のことなどにあらためて触《ふ》れなくてはならない。わたしは、その辺を順序だてて15分ほどで話した。

そして、さっきやってきた浩一のことを話す。大学受験のために、息子にヨットをやめさせようとしている浩一のことを話しはじめた。彼とのやりとりを話し、「いやな感じのやつだった。それだけ」と話をしめくくった。

雄作が、自分が手にしているグラスのビールに口をつけた。

「あのさ」と口を開いた。「その荘一郎っていうヨットのオーナー、夏佳の祖父《じい》ちゃんに似てないか？」と言った。わたしは、しばらく考える。「言われてみれば、そうかもね……」と、つぶやいた。

わたしの祖父は、小森道太郎《みちたろう》という。職業は、水彩画家だ。海の風景や魚を描くのが好きだった祖父は、二十代の終わり頃、東京から葉山に移り住んだ。古いけれど広さのある家を手に入れ、その後の人生をそこで過ごしている。葉山の海、魚、働いている漁師の姿などを描いた。ときには、庭に咲いている花なども描いた。頑固《がんこ》といえば頑固な性格で、作風は生涯を通して変わらない。

祖父の絵が高い値段で売れるということはないが、雑誌の挿絵《さしえ》や、本の表紙にはよく使われる。ある会社のカレンダーは、毎年、祖父の絵を使っていた。金持ちにはならなかったが、貧乏でもない。〈食えれば充分〉というのが祖父の口ぐせだ。近くに住む漁師たちとも、気さくにつき合っている。自由人であり、一徹さをつらぬく人でもある。

あれは、わたしが小学校5年生のときだ。わたしは、男の子とケンカした。クラスメイトの女子のスカートを、その男の子がまくったのだ。ジャジャ馬娘だったわたしは、逃げるその男の子を追いかけていった。廊下のすみまで追いつめると、相手は、わたしの顔を引っかこうとした。わたしは、相手の顔面にパンチをおみまいした。相手は鼻血を出し、泣き出した。

家に帰ってしばらくすると、その男の子の父親がうちにやってきた。文句を言いにやってきたのだ。対応した祖父は、相手をあざ嗤《わら》った。

「かりにも男の子が、女の子に泣かされるというのは、いかがなものかな？　あんたの息子、本当に金玉がついているのか確かめてみた方がいいのでは？」と言ったものだ。

相手は、顔をまっ赤にして怒った。「孫が孫なら、あんたもあんただ」と祖父に吐き捨て、帰っていった。

その〈金玉事件〉は学校中の話題になり、それ以後、わたしはもちろん、友美にも、いたずらをしかけてくる男の子はいなくなった。

わたしの父は東京の証券会社に通勤していたので、ほとんど家にいなかった。母は、〈パンづくり教室〉や〈ヨガ教室〉に夢中になっていたので、家をあけることが多かった。だから、わたしは祖父に育てられたようなものだった。

わたしが中学2年生のとき、父が会社で昇進して、課長か何かになった。そうなると、仕事はさらに忙しくなるという。葉山から通勤するのが難しくなり、両親は東京のマンションに引っ越すことになった。

両親の思惑はともかく、わたしは東京にいく気がなかった。〈転校すると悪影響が出る〉という理屈を言いはって、葉山で祖父と二人で暮らすことになった（祖母は、若い頃に亡くなっていた）。

祖父と暮らすようになったわたしは、首輪をはずされた犬のようなものだった。早い話、やりたい放題だった。

うちが森戸《もりと》海岸の近くにあるので、わたしの遊び場は目の前の海だった。サザエやアワビを獲《と》る。もちろん密漁なのだけど、祖父と仲のいい地元の漁師たちが、わたしが獲る少量の貝類は見逃していたのだ。

獲ってきたサザエ、トコブシ、アワビなどは、うちの庭で焼いた。七輪に火を起こし、そこで貝たちを焼いた。高校3年の頃からは、雄作が実家の酒屋からビールを持ち出してくるようになった。

夏とその前後は、楽しかった。新緑のあふれる庭。地面に置いた七輪でサザエやトコブシを焼く。庭にいい匂いが漂うと、祖父もやってきた。3人でビールを飲み、サザエの身を突《つつ》いた。庭のすみでは、紫陽花《あじさい》がしっとりと咲いていた……。

そんなことを思い出していると、カウンターの向こうで雄作が言った。

「なあ、その荘一郎って人、絶対に夏佳の祖父ちゃんに似てるところがあるよ」と言った。そして、

「骨っぽいところが、そっくりだよ」と雄作。さばき終わったイサキの中骨をつまんで見せた。わたしは、思わず吹き出した。

イサキという魚は、骨が硬いことで知られている。真鯛《まだい》などより、よほど骨が硬い。その分、さばくのに手間がかかるのだ。

骨っぽい、骨が硬い……。それは、確かに、わたしの祖父を表現するのに、似つかわしいように思えた。そして、あの荘一郎にも、共通する部分が感じられる。だから、わたしにとって荘一郎が親《ちか》しく思えるのかもしれない。イサキの骨を眺め、ビールを飲みながら、わたしは、ふと、そんなことを考えていた。


「危ないから、わたしがやるよ」

そう言うと、わたしはカウンター席を立った。カウンターの端を回って中に入った。

夜の9時半。フジツボには、3人のお客がいた。〈本日のおすすめ〉であるイサキ

の刺身を注文した。雄作が出刃包丁を握る。イサキをさばきはじめた。けれど、雄作は、もうかなりな量のビールを飲んでいた。完全に酔っぱらってはいない。が、骨の硬いイサキをさばくのは危ないとわたしは思った。

わたしは、自分で出刃包丁を握る。手を動かしはじめた。イサキのウロコを落としながら、雄作のことを考えていた。最近、酒の量がふえている雄作のことを……。

雄作は、十代の頃からウインドサーフィンに熱中していた。それは、この辺の子供として珍しいことではない。葉山や逗子《ずし》の海には、あまり大きな波は立たない。ただし、風は吹く。

だから、葉山、逗子には少年少女のウインドサーファーが多い。雄作も、そんな子供の一人だった。ただし、雄作には、ほかの子供にはない資質があったようだ。風をとらえる独特の勘《かん》があったと思う。ヨット・ガールのわたしには、それが理解できた。

高校1年の頃には、雄作は注目される存在になっていた。国体に向け、神奈川県の強化選手になった（国体の種目にも、〈ボードセーリング〉と呼ぶウインドサーフィンはある）。

高校時代は、わたしと雄作が最初に親しくなった頃だ。当時のわたしはヨットに熱中していた。雄作と同じように、神奈川県の強化選手になっていた。当然、よく話をするようになった。

ヨットもウインドサーフィンも、帆《セイル》で風をとらえて走る点で共通している。〈風を読むこと〉が重要だ。そんな技術について雄作と話していると、あっという間に時間が過ぎていく。

風がなく海に出ない日。わたしたちは砂浜にいた。砂の上に小枝で図を描《か》き、風向きと競技でのコースどりについて、さまざまな話をしたものだった。いつも太陽が頭上にあったような気がする。

国体には、二人とも出場した。わたしは3位に入賞したけれど、雄作は7位に終わった。わたしに負けたのが悔しかったのか、わたしたちの距離は少しはなれた。

噂では、雄作はプロのウインドサーファーをめざしているという。そのため、ハワイで暮らしはじめたらしい。確かに、しばらくの間、地元ですれ違うことがなかった。

そんな雄作が怪我《けが》をしたという話が耳に入ったのは、2年後だった。マウイ島での出来事だという。ウインドサーフィンで大きな波を跳《と》びこして着水。海面に落ちたそのときに、両脚《あし》がすごい衝撃をうけて、左膝《ひざ》の骨を複雑骨折してしまったという。

　ひさしぶりに葉山で会った雄作は、松葉杖《まつばづえ》をついていた。「左脚の骨は、金属でつなげてあるんだ」ぼそりと言った。いずれ、松葉杖も使わず、普通に歩けるようになるらしい。けれど、ウインドサーフィンの選手としての先は厳しいという。確かに、ウインドサーフィンの選手やプロのレベルになると、膝にかかる負担は、想像をこえているときいたことがある。

　普通に歩けるようになった雄作は、近くにあるウインドサーフィンのショップでバイトをするようになった。初心者たちに用具のアドバイスをしたり、ときには、レッスンもしているようだ。海が穏やかなとき、ヨットスクールの仕事をしているわたしと、海の上ですれちがうこともあった。のんびりと初心者にウインドを教えている雄作は、救急艇《レスキュー》を操船しているわたしにボードの上で手を振ったものだった。

　けれど、しばらくすると、雄作はウインドサーフィンにかかわる仕事をすべてやめてしまった。

　一度は本気でウインドサーフィンのプロをめざした。そんな人間が、夢の途中で挫《ざ》折《せつ》し、道を閉ざされた。問題はその後だ。何かウインドにかかわる仕事をやり続けられる人。逆に、そういうことが未練たらしく感じられ、結局はウインドの世界から完全に離れてしまう人。雄作は、どうやら後者だったようだ。わたしが予想した通りに……。

初秋の防波堤。缶ビールを飲みながら、

「ウインドは、もういいよ」ぽつりと雄作は言った。きっぱりとした口調だった。けれど、その横顔には、隠《かく》しきれない寂《さび》しさが漂っていた。秋を感じさせるひんやりとした海風が、わたしたちのシャツを揺らしていた。

「おれ、居酒屋をやるよ」雄作がそう言い出したのは、しばらくしてからだった。親がやっている酒店のとなりに、ちょっとしたスペースがある。そこで居酒屋をはじめるという。確かに、酒類は安く仕入れられる。地元の漁師にも知り合いは多い。悪くはない計画に思えた。

それにしても……。わたしは、胸の中でつぶやいていた。この半年ほど、雄作の酒量がふえているのが気になっている。仕事柄、少しぐらいはお客のつき合いで飲むのはしょうがない。

けれど、このところの雄作は飲み過ぎることが多い。居酒屋は、なんとか軌道にのっている。それはそれとして、どうにも埋《う》めることのできない心のすき間があるのかもしれない。

さて、どうしたものか……。包丁でイサキをさばきながら、わたしは考えていた。

3　サバちゃん

ハーバー内にアナウンスが響いた。〈ハーバー・マスター、事務所までお戻りください〉というアナウンスだった。

わたしは、ハーバー・ヤードの端にいた。〈LUNA《ルナ》〉というボートの修理に立ち会っていた。メカニックの谷原《たにはら》さんが、ボートのプロペラをはずす作業を見守っていた。このボートは、3日前、操船ミスでプロペラを岩にぶつけた。プロペラは、大きく曲がってしまった。

ゴールデンウイークと呼ばれる大型連休が過ぎたところだった。連休中は、ハーバーがにぎわう。あまり船を海に出さないオーナーたちも、やってくる。海に出ようとする。

その結果、あちこちでトラブルが発生する。船をおろしたものの、エンジンがかからない。海に出たら、オーバーヒートしてしまった。走っている最中にヨットの帆《セイル》が破れた、などなど……。

冬の間、放ったらかしておいた船を、急に海に出そうとしても、それは難しい。何かしらトラブルが起きて当然というものだ。だから、ゴールデンウイークが過ぎたあと、船の修理を担当しているメカニックの連中は大忙しになる。

この〈LUNA〉も、そのひとつだ。あまり慣れていないオーナーが、ひさしぶりに船を海に出した。近くの浅瀬で、プロペラを岩にぶつけてしまった。ハーバーのレスキュー艇が出動して、この船をハーバーまで曳航《えいこう》してきたのだ。

また〈ハーバー・マスター、事務所まで……〉のアナウンスが流れた。わたしは仕事をしている谷原さんに、

「じゃ、まかせるね」と言った。その場をはなれ、事務所に向かって歩きはじめた。

ハーバー・ヤードの逆側に、マリーナの事務所がある。社長室があり、事務の人間が数人、仕事をしている。わたしは、事務所の出入口を開けた。近くにいる事務の人

間に、

「わたしを呼んだ？」と訊《き》いた。彼は、うなずく。目で、応接スペースをさした。事務所の片すみ。観葉植物で仕切られた応接スペースがある。簡単なソファーセットが置かれている。

わたしは、応接スペースに入っていった。ソファーセットには、社長の角田《つのだ》がいた。向かい合って座っているのは、あの澤田浩一だった。きょうも、グレーのスーツを着ている。この前と違い、ネクタイをしめている。社長の角田が、

「澤田さんは知ってるよね？」と言った。わたしは、うなずいた。角田のとなりに腰かけた。澤田浩一は、わたしを見た。

「先日は、突然やってきて失礼しました」と言った。わたしは、〈どういたしまして〉という表情でうなずいた。角田が、わたしを見た。

「いま、澤田さんの方から、ちょっと深刻な相談がきたもので、君にもきてもらったんだ」と言った。

「ガン……」

わたしは、思わず訊き返していた。澤田浩一の話を、ざっときき終わったところだった。浩一によると、彼の父、荘一郎は癌《がん》にかかっている。最初に見つかったのが肺癌。その後、腎臓《じんぞう》にも転移していることがわかったという。

「本人は、手術も、抗ガン剤やレーザーによる治療も拒否しています。ああいう性格ですから、わたくしども家族が説得しようとしても、まったく耳をかしません」と浩一。「主治医によると、あと半年もてばいい方だということです」と言った。

「そんな状態の父に、このままヨットをやらせておくのは、家族として、とても賛成できません。マリーナとして、父がヨットに乗るのをやめさせることができないでしょうか」

浩一は言った。角田も、わたしも、しばらく黙っていた。やがて、角田が口を開いた。

「おっしゃっていることは、わかりました。うちとしても初めてのことなので、どう対処すればいいのか、これから考えてみます」と言った。

その2時間後。仕事を終えたわたしと、社長の角田は、マリーナの中にあるバーにいた。

マリーナには、船のオーナー以外の一般人も利用できる店がいくつかある。三階建ての建物に、レストラン、バー、マリン・ウェアを並べたショップなどが入っている。

その二階にあるバー〈マーメイド〉。わたしと角田は、カウンター席に腰かけていた。わたしはモヒート、角田はスコッチのソーダ割りを飲んでいた。バーの窓は広くとってあり、薄暮になりかけたマリーナが見渡せた。マリーナの出入港口には、水路を示す赤と緑の標識灯が光っている。

「さっきの件、どう思う？」

と角田。わたしは、モヒートでノドを湿らせ、話しはじめた。2週間ほど前に、あの浩一がやってきた。荘一郎が孫の利行にヨットを教えるのをやめさせてほしいと言った。そのことを話した。角田は、うなずきながらきいている。やがて、話し終わった。

「さっきの、ガンの話が本当だとしても、あの澤田浩一にとって、それは、たいしたことじゃないと思う」と、わたし。「彼にとって大切なのは、息子の大学受験だけだと思うわ」と言った。

「つまり、澤田浩一さんは、父の澤田オーナーが孫にヨットを教えるのをやめさせてほしいと君に言い、君は、それを突っぱねた。そこで、今度は、澤田オーナーのガンという切り札を出してきた。そういうことかな……」

「たぶん」うなずきながら、わたしは言った。

「ハーバー・マスターとして、どう対処したらいいと思う?」と角田。わたしは、しばらく考える。

「まず、澤田オーナーと話してみるわ。たとえガンにかかっていたからといって、ヨットに乗っていけないとは言えない。大切なのは、本人の意志だから」わたしは言った。

角田は、うなずいた。胸ポケットから、名刺をとり出した。澤田浩一の名刺だった。さっき渡されたのだろう。

「君は、澤田浩一さんを嫌いだね。初対面で、まず名刺を出してくるような人間を好きになれないのだろう?」と角田。

「大嫌い」わたしは言い切った。角田は、愉快そうな笑い声を上げた。

「君は、あい変わらずだなあ……。まあ、そこを買って、ハーバー・マスターになってもらったんだが」と言った。

わたしが、このマリーナのハーバー・マスターになったのは、一種の偶然からだった。

あれは、わたしが高校に入った頃だ。ヨット部に誘われた。県立高校だけれど、鎌倉の海が近かった。もともと海にのり出すことに興味があったわたしは、迷わずヨット部に入った。

のんびりとしたヨット部だったけれど、わたしの操船技術は、どんどん上達していった。高校3年のときには、国体に出場して、3位入賞をはたした。

やがて、卒業後のことを考える時期になった。〈大学ぐらいはいっておけよ〉という祖父の言葉もあり、わたしは進学することにした。高校時代は、ヨットばかりの日々だったので、大学はごく普通のところに行ってみたかった。ほとんど受験勉強をしなくても入れる女子大に入学した。

けれど、それは結果的に大失敗だった。大学生活に、わたしは全くなじめなかった。

いわゆる女子大生ブームのようなものは、とっくに過ぎ去っていた。けれど、やはり、わたしが入った大学の学生たちは、わたしから見ると華やかだった。みな、メイクが上手で、お洒落《しゃれ》だった。誰を見ても雑誌のモデルのようだった。そのことを高校時代の友達に言うと、

「そんなの、当たり前じゃない。あんたがダサいってことだよ」と言い切られてしまった。確かに、そうなのかもしれない。陽灼《や》けして、ノーメイク（口紅だけはつけていた）。ジーンズにスニーカーという姿では、ダサいと言われても仕方ないのかもしれない。

同級生たちの会話は、〈いま、きている〉ブランド物のことだったり、ネイルサロンの話だったり、表参道や中目黒《なかめぐろ》にあるカフェのことだったり……。そんな話に、わたしは全くついていけなかった。

大学には、学生食堂ならぬカフェテリアがあり、同級生たちはそこで昼休みを過ごしていた。

祖父に学費を出してもらっていることもあり、わたしは節約のために弁当を持っていっていた。弁当のおかずは、前日の残り物が多かった。その年は、よくサバが獲《と》れ、

毎日のように夜の食卓にのぼった。

だから、弁当のおかずも、サバの塩焼きだったり、サバの味噌煮《みそに》だったり……。

そんな弁当を同級生に見られても、わたし自身、たいして気にならなかった。ところが、当時、エビちゃん（蛯原友里《えびはらゆり》）というモデルが人気になりはじめたこともあり、わたしには、エビちゃんならぬ〈サバちゃん〉というニックネームがついてしまった。

同級生にしても、それほど悪意があったわけではないだろう。軽く揶揄《やゆ》する気分だったようだ。が、〈サバちゃん〉とあだ名をつけられた本人は、ちょっとこたえた。

ある日の昼休み。わたしは一人、教室で弁当を食べていた。イワシのすり身を揚げたものを食べ、ご飯を口に運んでいた。

そうしながら、思った。ここは、わたしがいる場所ではないと、実感していた。そして、この大学をやめる気持ちがかたまるのを感じていた。気がつけば涙がにじんでいた。鼻水もたれていた。初秋の淡い陽射しが、窓から射し込んでいた。

祖父に説明し、謝り、大学を中退した。7ヵ月たらずの短い学生生活だった。挫折《ざせつ》といえばいえる。好きなように少女時代を過ごしてきたわたしにとって、初めてのつまずきと言えた。

わたしは、しばらく休《オフ》みをとることにした。防波堤に腹ばいになって、海や釣りの出てくる本を読んだ。涼しくなってきた秋の風が、本のページをめくっていく。性に合わない学生生活で疲れた心が、癒《いや》されていく……。

そんなわたしに声がかかったのは、大学を中退した3ヵ月後だった。

わたしは、高校時代、神奈川県代表のヨット選手として国体に出場した。その頃、神奈川県チームのコーチをやっていた矢部《やべ》さんというヨットマンから声をかけられた。

矢部さんは、逗子でヨットスクールをやっている。小・中学生を対象としたヨットスクールをやっているという。そのスクールの手伝いをしないかという話だった。スクールのコーチが不足しているという。

無職だったわたしは、ふたつ返事でOKをした。ましてヨットにかかわる仕事なら、言うことはない。

また、毎日のように海に出る生活がはじまった。小・中学生の多くは、ヨットの初心者だ。操船も、モタモタしている。しょっちゅうヨットを転覆《てんぷく》させる。わたしは、レスキュー艇を走り回らせて、そんなスクール生たちの面倒を見る。

その頃使っていたレスキュー艇は、小廻《こまわ》りのきく19フィートのボート。50馬力の船外機がついていた。そんなボートを操《あやつ》っているうちに、エンジンボートの操船に関しても、わたしはどんどん腕を上げていった。

というのも、ヨットスクールのレスキュー艇の操船は難しい。

走っている子供たちのヨットに近づいていって操船のコーチをする。声がきこえるようにするためには、走っているヨットまで1、2メートルに近づかなければならない。

けれど、並走している子供たちのヨットが急に反転することもある。その場合は、こちらも急ハンドルを切ってヨットと衝突しないようにする。

特に大変なのが、ヨットが転覆して、子供たちが海に投げ出されたときだ。ライフジャケットをつけた子供たちに近づいていき、レスキュー艇に引き上げる。そのとき、操船をあやまると、レスキュー艇のプロペラで子供を轢《ひ》いてしまう。まして波が立っていると、すごく神経を遣《つか》う作業になるのだ。

けれど、もともと自分がヨットをやっていたわたしは、正確に状況を読むことができた。海面の子供をプロペラで轢いてしまうような事故は、1回も起こさなかった。

無事に、ヨットスクールのコーチを続けていた。

そんなわたしにターニング・ポイントがおとずれたのは、27歳の夏だった。

それは、夏休みに入って10日が過ぎた頃だった。その日も、わたしはヨットスクールのコーチをやっていた。小学生を5艇のヨットに乗せて海に出ていた。

午後2時半。そろそろ、きょうのスクールも終わろうとするときだった。一艇のプレジャーボートが走ってきた。かなり大型のプレジャーボートが、こっちに疾走してくるのが見えた。

やばい、と、わたしは感じていた。そのボートが、ふらつきながら走ってくるからだ。操船者が酒に酔って舵《かじ》を握っていると、そうなる。

子供たちのヨットは、3、4メートルの間をあけて、ゆっくりと進んでいる。プレジャーボートは、その方向に走ってくる。

わたしは、レスキュー艇のアクセルをふかした。子供たちのヨットと、走ってくるプレジャーボートの間に入る位置にレスキュー艇を動かした。

あと50メートルまで、プレジャーボートは近づいてきていた。わたしは、レスキュー艇のホーンを思いきり鳴らした。かん高いホーンが、海に響き続ける。

こっちのレスキュー艇まで、あと30メートル、20メートル……。やっと気づいたのか、プレジャーボートは急ハンドルを切った。が、大きな船体が、わたしの上にのしかかるように見えた。衝突されたと思った。わたしは、ステアリングの上に身を伏せた。

けれど、間一髪のところで衝突はまぬがれた。相手のボートとわたしのボートの距離は2、3メートルだっただろう。相手のボートがたてた波が、わたしの頭上に降ってきた。すれ違いざま、相手の船に乗っているらしい女たちの嬌声《きょうせい》がきこえた。

そのボートは、そのまま方向を変え走り去っていく。わたしは、ボートの船尾を見た。〈SEA《シー》 DRAGON《ドラゴン》〉という船名、そして〈ZUYOU《ズヨウ》〉という文字が見えた。近くにある〈逗葉マリーナ〉をホーム・ポートにしている船だった。


わたしは、携帯電話でヨットスクールに連絡をした。もう一艇のレスキュー艇にきてくれるように言った。

10分たらずで、レスキュー艇がきた。わたしは、そのレスキュー艇に子供たちをまかせる。自分は、逗葉マリーナに向かった。
5、6分走って、逗葉マリーナに着いた。出入港口からマリーナに入る。めざす〈SEA DRAGON〉は、すぐに見つかった。すでにポンツーンに舫《もや》われていた。40フィートほどの大きさだった。
わたしは、近くにあるポンツーンに勝手にレスキュー艇を舫った。ポンツーンに上がる。〈SEA DRAGON〉の方に歩いていった。

〈SEA DRAGON〉のデッキには、1人の中年男と、若い女が3人いた。中年男は、がっしりした体格をしていた。海パン姿で、太めの上半身はよく陽灼《や》けしていた。女たちは、みな派手な水着を身につけている。水商売の雰囲気が漂っていた。中年男は、手に缶ビールを持っている。何かくだらない冗談を言っては、女たちを笑わせていた。

わたしは、船のそばに立つ。

「ちょっと、あんた」と言った。けれど、中年男は、気づかない。水着の女たちと笑いながらしゃべっている。

「そこの、おっさん」わたしは、声を少し大きくして言った。中年男は、やっと気づいた。話をやめ、わたしを見た。

「おれを呼んだか？」

「そうよ。おっさんは、あんたしかいないでしょう」

わたしは言ってやった。中年男の表情が変わった。わたしは続けて、「ちょっと、おりてきなさいよ」と言った。

男は、缶ビール片手に、船べりをまたいで、ポンツーンにおりてきた。わたしと向かい合う。髪は短く刈り、顔も体も太め。四十歳代の後半だろうか。毎朝、精力剤の入ったドリンクでも飲んでいそうなタイプだった。その眼が怒っている。

「お前、誰にものを言ってるのか、わかってるのか」やつが言った。

「わかってるわ。ひとの船にぶつけそうになった酔っぱらいのおっさん」

「……なんだと」

やつが言った。やはり、何もわかっていないのだ。子供たちのヨットに突っ込みそうになったことも、わたしのレスキュー艇に衝突寸前だったことも、もう忘れてしまっている。

「少し頭を冷やしたら」

わたしは言った。かがみ込む。そこにあった舫いロープをつかみ、思いきり引いた。舫いロープが、やつの右足首をすくうかたちになった。片足をすくわれた相手は、大きく体のバランスを崩す。何か叫びながら海に落ちた。体の大きな男なので、水飛沫《しぶき》が上がった。ボートの上にいる女たちから悲鳴が上がる。

「少しは頭が冷えた？」わたしは、海面でもがいている男に声をかけた。

すぐに、揃いのポロシャツを着たハーバー・スタッフが2、3人走ってきた。ポンツーンに片手をかけた男を、引き上げた。太っているので、二人がかりで、やっと引き上げた。

やつは、ポンツーンに腹ばいになる。落水したときに飲んだらしい水を吐いている。それがおさまると、わたしを見上げた。

「てめえ！」と叫んだ。叫んでは、また水を吐いた。醜悪《しゅうあく》なさまだった。ハーバー・スタッフたちも、事情がわからず顔を見合わせている。そのときだった。

「まあ、落ち着いて」と静かな声がした。

4　君は、NOと言えるだろう

わたしは、声のした方を見た。背の高い男が立っていた。五十代だろうか。ハーバー・スタッフと同じポロシャツを着て、その上にサマージャケットをはおっている。コットンのスラックスをはき、足もとは茶色のデッキシューズ。白いものが混ざった髪は、七三に分けている。よく陽灼けしていた。

その男は、わたしが乗ってきたレスキュー艇を見る。レスキュー艇の船体には、〈逗子ヨットスクール〉と描かれている。彼は、わたしに視線を戻す。

「矢部さんのスクールの人だね」と言った。わたしは、うなずいた。

「何か、もめごとらしいが……」と彼。

「もめごとも何も、この酔っぱらいの馬鹿が、ヨットの子供たちに突っ込むところだったのよ」わたしは言った。彼は、うなずいた。

「事情は事務所でゆっくりきこうか」と言った。彼とわたしは、ポンツーンからハーバー・ヤードに上がる。事務所の方へ歩きはじめた。

「自己紹介が遅れたが、ここの社長をやっている角田《つのだ》です」彼が言った。わたしは並んで歩きながら、

「ヨットスクールをやってる矢部さんとは知り合い？」と訊《き》いた。角田は説明しはじめた。かなり以前、このマリーナで、夏休みにジュニア・ヨットスクールをやったことがあるという。

「そのとき、矢部さんにインストラクターとしてきてもらったんだ」と角田は言った。わたしはうなずいた。まだ自己紹介をしていないことに気づき、

「あの、わたしは」と言いかけた。すると角田が、「知ってるよ。確か、小森さんだったよね」と言った。わたしが不思議そうな顔をしていたんだろう、

「もう10年ぐらい前になるかな。高校生だった君は国体のヨットで、上位に入っただろう。神奈川新聞にも写真入りのインタビュー記事が載ってたね。よく覚えてるよ。

矢部さんからも、君にインストラクターとして仕事をしてもらってるという話はきいていたし」角田は言った。マリーナの事務所が近づいてきた。

「なるほど。そういうことか」

角田が言った。事務所の中にある社長室。小さなテーブルを間に、角田とわたしは向かい合っていた。

わたしは、さっきの出来事について話し終えたところだった。酒を飲んで船を暴走させた〈SEA　DRAGON〉のオーナーのことだ。角田は、軽くうなずきながらきいていた。

「ひとつ間違えれば、ヨットに乗ってた子供たちの中に突っ込むところだったわ。大事故になっていたかもしれない」

わたしは言った。角田は、あい変わらず、軽くうなずきながらきいている。

「君や矢部さんには、このマリーナの社長として謝らなきゃならないな。〈SEA　DRAGON〉は、うちの所属艇なんだから」角田は言った。それほど驚いた様子ではない。

「あのオーナーは、いままでもあんな乱暴なことを？」わたしは訊いた。角田は、しばらく黙っていた。やがて、かすかに苦笑しながら、うなずいた。

「あのオーナー、名前は枕崎《まくらざき》さんといぅんだが、困ったものでね」と角田。「こういうトラブルは、初めてじゃない。というより、これで4回目ぐらいかな」と言った。そうして、思い出しているようだった。

「一度は、漁協が設置している定置網に突っ込んで、かなり大きく網を破ってしまった。結局は賠償金《ばいしょうきん》を払ってなんとか一件落着したが、漁協からはさんざん嫌味《いやみ》を言われたよ。マリーナとしての信用も落とした」と角田。「あと、手漕《てこ》ぎで釣りに出ている小さなボートにぶつけそうになったことが2回ほどあった。貸しボート屋からマリーナに連絡と抗議《こうぎ》があったよ。もう少しで海難事故になり、死者が出たかもしれないからね」と言った。

「その枕崎って、何者なの？」

「都内で、手広く不動産業をやってるということだが、マリーナにくるときは、いつもあんな感じさ。どこかのホステスさんらしい女性たちを連れてきて、かなり飲んでは船を走らせてる」

「ここは、いちおう名門マリーナと言われてるのに、そんなオーナーが……」

「まあ、ここに船を置きたいという申し込みがあったときに、審査はする。それは、いわゆる暴力団関係者をシャットアウトするためで、それ以外ならオーケイを出しているよ。酔って無謀な操船をするかどうかまでは、事前にわからないというのが現状だ」と角田。「しかし、君に海に落とされたことで、少しは反省するかもしれない。とにもかくにも、今回のことでは、マリーナの社長として謝罪するよ。矢部さんにもそう伝えてくれないか」と言った。

わたしは、うなずいた。角田の対応に、ある程度、納得がいった気分だった。

その2週間後だった。ヨットスクールの矢部さんから声をかけられた。逗葉マリーナの社長、角田から、わたしに相談があるという伝言だった。「わたしに？　何かしら……」と、つぶやく。

「とりあえず、会って話がしたいという連絡がきた。この前の件にからんだことかもしれない。まあ、会ってみればいいじゃないか」と矢部さんは言った。

「わたしを、ハーバー・マスターに？」思わず訊き返していた。

逗葉マリーナ内にあるレストラン〈潮騒《しおさい》〉。わたしは、社長の角田と向かい合っていた。平日なので、店内はすいていた。わたしたちは、帆立貝のカルパッチョを前にして向かい合っていた。ワイングラスを手にした角田の口から出たのは、思いもかけない言葉だった。

「君を、ぜひ、うちのマリーナのハーバー・マスターにしたいのだが」

きいたとたん、わたしはただ唖然としていた。かたまったまま、角田を見た。冗談か……。しかし、その表情は冷静で静かだった。

「まあ、突然こんなことを言われても、驚くのが当然だな。とりあえず、ワインでも飲んで。これから事情を説明するよ」角田は言った。わたしは、白ワインのグラスに手をのばす。ひとくち飲んだ。角田が、ゆったりと落ち着いた口調で話しはじめた。

「いまハーバー・マスターをやっている田辺《たなべ》という男は、あと1ヵ月で定年退職する。つぎのハーバー・マスターを決めなければならない。しかし、私は悩んでいたんだ」

角田は言った。ワイングラスに口をつけた。

わたしも、またワイングラスを口に運んだ。あたりを見回した。この店は、建物の角にある。しかも、ガラス窓を広くとってある。わたしの席からは、このマリーナのほとんどが見渡せた。

バス通りに面して、一般の人が駐《と》める有料駐車場がある。駐車場の海側には、三階建てのビルがあり、マリン・ウェアのショップ、何軒かのカフェやレストランが入っている。ここは、船のオーナーや関係者でなくても、気楽に利用できる。いまわたしたちがいるレストラン〈潮騒〉はその二階にある。

ビルのわきにはタイル貼りの階段があり、7、8メートル下におりられる。おりたところには金属の扉があり、それを開けるとマリーナに入れるようになっている。

扉を開けて入ると、コンクリートのいわゆる〈ハーバー・ヤード〉が広がっている。船台に載ったたくさんのヨットやボートが並んでいる。ヨットはヨット、ボートはボートで、それぞれずらりと横並びに置かれている。いまは夜なので、夜間照明に照らされて、船たちは静かに休憩しているように見えた。ここに置かれている船は、〈陸置き〉と呼ばれている。

陸置きの船は、海に出るたびに、クレーンでおろさなければならない。なので、海面に浮かべてある船より、年間の艇置き料は少し安いと、わたしはきいていた。

船を海におろし（下架《げか》という）、そして海から上げる（上架《じょうか》という）ためのクレーンは、ハーバー・ヤードの端にある。このマリーナには、20トン・クレーンと、30トン・クレーンの二基があり、船の大きさによって使い分けているようだ。

船をおろすときは、車輪のついた船台ごと、船をクレーンのところへ引っぱってくる。そして、頑丈な2本のベルトを船の下に回す。ベルトをかけた船は、一度クレーンで引き上げ、ゆっくりとおろしていき、4、5メートルほど下の海面に浮かべる。

水に浮かんだ船では、操船者がエンジンをかける。ヨットも、小型のエンジンとプロペラを装備している。エンジンがかかった船は、ベルトをはなれ、水路に出ていく。

船を上架するときは、その逆だ。

ハーバー・ヤードより4、5メートル下の海面には、短い浮き桟橋《ポンツーン》がずらりと等間隔で並んでいる。それぞれのポンツーンには、契約しているヨットやボートが舫《もや》われている。

そのほか、クレーンの近く、海に面したところには二階建てのハーバー事務所があり、オーナーが船の出港届けを書いたり、現在の風速、波高や天気図を見られるようになっている。

角田も、そんなマリーナの風景を眺め、ワインを口にしている。

「いま現在、うちのマリーナでは、217艇のヨットと、162艇のエンジン・ボートを預かっている。それらを、ハーバー・マスターが指揮をとる12人のハーバー・スタッフたちであつかっているわけだ」と言った。またしばらく窓の外を眺めている。

「マリーナというのは、一種、不思議なところでね……。船を買ったオーナーから、置き料をもらってその船を預かる。オーナーが船を出したいといえば、陸置きの船はクレーンで海におろし、船が帰ってきたら、またクレーンで陸に上げて船台に載せる。そこだけ見れば、一種のサービス業といえるだろう」

と角田。わたしは、かすかにうなずいた。

「しかし、それだけじゃ、ただの船置き場ということになってしまう。本来のマリーナというのは、そういうものじゃないと私は考えている」

角田は言った。言葉を続ける。

「君も知っての通り、日本の海は突然に荒れてくることも多い。日本の沿岸で船を出すということは、常に危険と背中合わせだ。ところが、ヨットやボートのオーナーには、そういう意識を持ってない人も多いのが現状だ。波や潮流を甘く見ている人も多い。もしマリーナを名のるなら、そんなすべてのオーナーたちや船を安全に航行させる必要がある」

と角田。ワインに口をつけ、ノドを湿らせた。

「もし初心者のオーナーがいたら、あのあたりは暗礁があるからくれぐれも気をつけてくださいとか、きょうの波なら出航しない方がいいと思いますとかアドバイスする必要がある。場合によっては、オーナーが気を悪くしたとしても、そのオーナーや船の安全のために、厳しいことを言う、それが本来のハーバー・スタッフであり、そのすべての責任者がハーバー・マスターだ。もしそれができないなら、マリーナを名のる資格はないと私は思っている」

彼は言い、わたしはうなずいた。

「ところが、うちのマリーナが、いま、そのところで危機に瀕《ひん》しているんだ、残念なことに」

「というと？」

「まず、ひとことで言ってしまえば、ハーバー・マスターやスタッフたちがサラリーマン化してるのが原因だ。サラリーマン化して、自分の身を守りたいから、船のオーナーたちとの摩擦《まさつ》を怖がって言うべきことを言えない。〈あなたの経験と、この船の航行能力だと、きょうの海には出ない方がいいです〉のひとことが言えない」

「……なるほど……」

「船のオーナーは、はっきり言って、わがままな人が多い。だが、そんな人たちにも、はっきりと〈NO〉を言えるような骨のある人間がマリーナをささえると思っているんだが、いま現在、うちのマリーナにそんなスタッフはいない。特にハーバー・マスターが問題だ」

「もうすぐ退職する人？」

「そう。退職金ほしさに、オーナーたちのご機嫌《きげん》とりに徹していた。そのせいで、オーナーが無理な出航をしようとしても、やめさせない。だから、この10年で、レスキュー艇を出す回数は、二倍にふえてしまった。もう少しで、海難事故になりそうなことも、何回かあった。これは、重大な問題だ」

と角田。わたしは、小さくうなずいた。

「このままでいけば、ハーバー・スタッフの中でも最も年長で、副ハーバー・マスターの増田《ますだ》というのをハーバー・マスターに昇格させることになるんだが、その増田も、退職する田辺とまったく同じで、オーナーたちの機嫌をとっているだけの男だ。その増田をハーバー・マスターに昇格させても、このマリーナの状況は何も変わらない。いま、うちのマリーナに必要なのは、ショック療法であり、カンフル剤なんだ」と角田。「そこで、君に白羽の矢をたてたわけだ」と言った。

角田は、ひと息つく。ウエイターがやってきて、わたしたちのグラスに白ワインをつぎたしていった。

「とりあえず、少し飲み食いしよう」と角田が言った。皿の上のカルパッチョにフォークをのばした。わたしも、つぎたされたワインをひとくち飲んだ。

「まあ、あまりに突然の話なんで、君も驚いただろう」と角田。ナイフとフォークを使いながら言った。わたしたちは、ワインを飲みながらサーモンのパテを食べていた。

「だが、これは冗談でもなければ、ただの思いつきでもない。真面目《まじめ》な話なんだ。それだけは、はっきりと言っておくよ」

「……それで、もしわたしがこの話をうけてハーバー・マスターになったとしたら、ここのスタッフたちはどんな反応をするのかな……」

「大変なことになるだろう。とりあえずはパニックにおちいるだろうな。だが、それでいいんだ。ショック療法が必要だからね……。もちろん、君は自分が正しいと思うやり方で仕事をやっていいし、それに関しては誰にも文句を言わせない。そのことは約束しておくよ」

角田は言った。わたしは、グラスを手に窓の外を見た。すでに陽は沈んでいる。夕陽の残照が雲の下側を淡い黄色に染めていた。厚木《あつぎ》の米軍基地に向かうらしい飛行機の赤い航行灯が、ゆっくりと動いていく。

翌日になっても、まったく実感がわかなかった。仕事が終わったあと、矢部さんに相談してみた。彼は、うなずきながら話をきいていた。わたしが話し終わる。彼は、

「面白いじゃないか、やってみろよ」

あっさりと言った。「女のハーバー・マスターなんて日本じゃ初めてかもしれないが、面白いよ」と言ってくれた。

「その角田さんの話は、よくわかるな。このところ、あの逗葉マリーナの船がよくトラブルを起こしているのは事実だしね。確かに、ハーバー内部に問題があるんだろう。

社長の角田さんにとっては深刻な悩みかもしれないなあ」と矢部さん。「うちのスクールなら、いまは心配ないし」と言った。

確かに、最近、このヨットスクールにも若手のインストラクターが3名ほど入った。もしわたしが抜けても、なんとかなる状況ではある。

さんざん悩み、迷った。けれど、トライしてみることに決めた。わたしは、ヨット選手だった頃から女にしては思い切りのいいコースどりをするタイプだった。何回かの打ち合わせをへて、その年の9月に、わたしはハーバー・マスターになった。その後の出来事はまた話すこともあるだろうけれど、ハーバー・マスターになって、1年と7ヵ月が過ぎた。わたしは、29歳になっていた。

そんなことを何気なく思い出しながら、わたしはポンツーンを歩いていた。

夕方の5時10分過ぎ。マリーナに静けさが戻っていた。もう、海に出ている船はいない。ゆるい南西風がわたしの髪をかすかに揺らせていた。

ポンツーンには、ヨット〈MALAGA〉が舫《もや》われていた。そのデッキには、澤田荘一郎がいた。30分ほど前までは、孫の利行がいて、荘一郎に何か教わっていた。

いま、荘一郎はひとりでデッキにいた。いつも通りワイングラスを手にしていた。わたしの姿を見ると微笑した。

「一杯、どうだい」と言った。わたしはうなずいた。ポンツーンから彼のヨットに乗り移った。荘一郎が、グラスを出してきて冷えた白ワインを注いでくれた。わたしたちは、ゆっくりとグラスを口に運ぶ。やがて、荘一郎がぽつりと口を開いた。

「君は、正直だなあ」と言った。わたしは彼を見た。

「何か、私に訊《き》きたいことがあるんだろう？　君の顔にそうかいてあるよ」と荘一郎。

「最近、息子の浩一がここにきているらしいから、私の病気のことをきいたのかな？」と言った。わたしは無言でいた。荘一郎は、グラスに口をつける。

「そのことを話すのはかまわないが、その前に、ひとつ、昔話をしてもいいかな？」

微笑しながら、荘一郎は言った。わたしは、ゆっくりと、うなずいた。

わたしたちの前には、小皿に盛ったオリーブの実があった。種をくり抜いたオリーブだった。荘一郎は、それを1個、手でとり口に入れた。そして、ワインをひと口……。

「私の家は、酒屋だった。恵比寿《えびす》に店舗を持ち、同時に酒の卸《おろ》しもやっていた。そこそこ手広く商売をやっていた」と話しはじめた。

そんな家の長男として育った荘一郎は、大学生になるとヨット部に入ったという。

「まあ一年中ヨットに乗ってたから、顔も体も、ウイスキーみたいな色に陽灼《や》けしていたよ」と言い、苦笑した。

「大学を卒業すると、ヨット部の仲間たちと34フィートのヨットを持ち、あい変わらず海には出ていた。もちろん、みな社会人になっていたから休日に限ってだがね」

と荘一郎。彼自身は、家業である酒屋の仕事をはじめたという。父とともに、家業を取り仕切りはじめた。

「それを数年やっているうちに、自分なりの夢みたいなものが芽生《めば》えはじめたんだ」

と荘一郎。その夢とは、海外から直接に酒を輸入できないかというものだったという。

「私が目をつけたのは、ワインだった。その頃の私には、日本でもいずれワインがブームになり定着するという予感があった。すでに、一部の人たちにはワインは人気があったしね」

と荘一郎。自分なりに調べはじめたと言った。

「その頃、日本人が飲んでいた輸入ワインのほとんどはフランス産だった。ワインといえばフランスというのが常識だったんだね……。ところが、フランスからのワイン輸入は、すでに大手の商社や実績のある貿易商が独占していた。私のような者が新しく参入するのはとても無理だった」

と荘一郎。グラスに口をつけた。年相応にシワのあるノドもとが少し動いた。

「それでも、私はあきらめなかった。まず、ワインに関する勉強をはじめた。そして、いろいろな人に会ったり、調べたりした。そうしているうちに、フランス産以外にも、いいワインがあることをつきとめたわけさ」

「それで、スペイン産を?」

「そういうこと。スペインでもいいワインが造られていることを知った。しかも、その頃の日本には、スペイン産のワインはほとんど輸入されていなかった。つまり、私のような者にも、チャンスがあると思えた。そう思うと、気持ちがたかぶったね」

荘一郎は言った。それからの彼は、仕事のかたわら、語学学校に通いはじめ、スペイン語を勉強したという。

「そこそこスペイン語が話せるようになった。私は、スペイン語で印刷した名刺を持ち、スペインに旅立ったよ。夢の実現に胸をおどらせてね」

と彼。小皿に盛ったオリーブの実を、わたしにさし出した。わたしは礼を言い、オリーブの実を手にとる。口に入れた。果実の香りと、ほのかな酸味が口に広がった。ワインをひと口……。

「わたしは、希望に胸をふくらませ、スペインに到着した。あらかじめ調べてあったワインの産地を訪ねはじめた。……だが、現実はそう甘くなかった。そのオリーブの実に似てね……」と荘一郎。淡く苦笑いをした。

「事前になんのコンタクトもとらずにワイナリーに飛び込みでいった私も愚《おろ》かだったんだが、ワイナリーの主人たちも想像をこえて保守的だった。いま思えば当然かもしれないが、突然やってきた若い日本人を、まともに相手にはしてくれなかった。中には、〈日本人がワインを飲むのか？〉と真顔で訊いてくる人もいたよ。スペインの片田舎でワインを造ってる彼らにとって、日本人はまだ和服を着てゲタ履きでいるようなイメージしかないようだった」

はっきりと苦笑しながら荘一郎は言った。

「約1ヵ月の間、私はスペイン中を駆けめぐったよ。だが、当時28歳だった日本人の私を、まともに相手にしてくれるワイナリーの主人は一人もいなかった。彼らにしてみれば、日本人がワインの商談にきたこと自体が唐突《とうとつ》すぎたんだろうな」

と彼。当時を思い出したのか、軽くため息をついた。

5　遥かなるアンダルシア

「疲れはてた私は、とりあえず心と体を休めることにした。ヨット乗りだった私は、海を見たいと思った。思いたったらたまらず地中海に向かっていた。気がつくと、海辺に着いていたよ。アンダルシア地方のマラガという町だった」と彼。話を続ける。

「アンダルシア地方のマラガといえば、スペイン人にとってはよく知られた港町であり避寒地だった。言葉にできないほどの青い海と、まっ白に塗られた家並みが、心身ともに疲れた私にはまぶしかったよ」

荘一郎は言った。彼は、小さなホテルに部屋をとると荷物をほどいたという。ひと晩はゆっくり休み、翌日、マラガの町に出てみた。

「ぶらぶらと歩いていると、ハーバーを見つけた。かなりな数のヨットやボートが舫《もや》われていた。私はその岸壁に腰かけ、ぼんやりと舫われている船たちを眺めていた。そうしているだけで、心が安まるのを感じていたよ。そこで1時間ほど過ごしていると、一艇のヨットに気づいた」

と彼。近くに舫われているクルーザー。その船上には、中年の夫婦らしい二人がいたという。

「どうやらそのヨットで海に出ようとしているらしいんだが、何やらもめているんだ。亭主らしい男が、奥さんらしい女性に何か指図《さしず》しているんだが、奥さんは、それがうまくできない。ヨットを動かした経験がほとんどないんだろう。亭主らしい男は、かなりいらついているようだった。見かねた私は、彼らに〈手伝いましょうか?〉とスペイン語で声をかけた」

と彼。すると船上の男が、〈ヨットを動かせるのか?〉と訊いてきた。荘一郎は、〈学生時代はヨットの選手でした〉と答えた。すると男はうなずき、〈頼むよ〉と言い手招きした。荘一郎は彼らのヨットに乗り込んだ。

「その亭主は私と握手し、説明した。なんでも、ヨット仲間の親友がくることになっていたんだが、家族に病人が出たとかで急にこられなくなったというんだ。私はうなずき、また〈手伝いますよ〉と言った。ひさびさ海に出たい気分でもあったし……」

そのヨット・オーナーと荘一郎の二人でヨットを操り、無事、ハーバーから地中海に出ることができた。

「いまも思い出すよ。アンダルシア独特の優しい風が吹き、その風をセイルにはらんでヨットはゆったりと海面を進んでいく。ひたすら透明な地中海を、ヨットの船首《バウ》がなめらかに切っていく……。最高の気分だった……」

と荘一郎。その眼は、遠いあの日を見ているのだろう……。ゆっくりと、ワインを口に運んだ。

「やがて、陽が傾くころになり、ヨットはマラガのハーバーに帰港した。ハビ・カソルラというそのヨットのオーナーも奥さんも、僕が手伝ったことに感激してね、船からおりると、ハーバーのすぐ近くにあるレストランに私を引っぱっていった。まず、よく冷えたサングリアで、その日のクルージングに乾杯した。そして、スペイン語で〈ボケローネス〉というイワシの料理をつまみながら、カソルラ氏は私に訊《き》いたよ、〈日本人の君が、なぜマラガへ？〉と訊いた。日本人観光客のほとんどが、マドリードやバルセロナにはいくけれど、そのマラガにくるのは珍しいことなんだね」

荘一郎は言った。

「そこで、私は、なりゆきを隠さず話したよ。スペイン産のワインを日本に輸入したくてやってきた。が、どこのワイナリーでも、相手にされなかったと、正直に話したよ」と荘一郎。相手のカソルラ氏は、興味深そうにその話をきいていたという。

「やがて、彼はこう言ったんだ。〈わかった、その件では私が力を貸そう〉と言ったんだ。きけば、カソルラさんは、アンダルシア地方でも最大手とされるワイナリーの社長だという」

「へえ……」

「それには、さすがに私も驚いたよ。こんな幸運があるものかと……。私があまり驚いているんで、カソルラさんは笑顔になり、〈嘘じゃないことを証明しよう〉と言った。そして、顔なじみらしいウエイターに声をかけた。〈私の会社のワインを1本持ってきてくれ〉と言った。ウエイターは〈かしこまりましたカソルラさん〉と言い、すぐに1本のワインを持ってきた。それを見て、これは夢じゃないんだと私も実感したよ」

荘一郎は微笑しながら言った。

「ヨットをやっていたことが、思わぬところで幸運に結びついたのね……」わたしは言った。彼は、グラス片手にうなずく。

「その半年後には、カソルラさんの会社のワインを輸入しはじめた。こちらの会社も立ち上げたばかりだし、毎月のようにスペインに出張する必要があったし、とんでもなく忙しかったが、充実していたな。ちょうど、二十代の終わり頃、いまの君と同じ年代だったが、学生時代を第一の青春とすれば、あの頃は第二の青春と呼べるかもしれない」

と荘一郎。オリーブの実を1つとり、口に入れた。

「とにかく、カソルラさんの会社からワインを輸入しはじめた。最初からどんどん売れるとは思っていないから、適度な数を輸入しはじめたよ。そうしているうち、カソルラさんの口ききで、ほかのワイナリーからも輸入できるようになった。やがて、うちの会社は、スペイン産ワインの輸入ではナンバー1《ワン》になっていた。そうして、ねばり強くやっているうちに、時代の風が変わりはじめたんだ」

「……」

「そのきっかけをつくったのは、レストランだった。フランス産ワインより、安くて美味《うま》いワインが、スペインやイタリーにあることにレストランのシェフたちが目をつけ、店に置きはじめたんだ。たとえば、その店でスペイン産のワインを飲んだお客は、今度は、自分で買って飲むようになりはじめた」

「なるほど……」

「それは、うちの会社の業績にもはっきりあらわれている。最初は、レストラン関係に多く流通しはじめ、やがてスーパーなどから注文がくるようになった。そして、勢いは、いまにいたっているわけさ。いまでは、フランスワインと肩を並べて、イタリー、スペイン、チリ、オーストラリア、アメリカ、南アフリカなどのワインが日本中で飲まれている」

「その中でも、スペイン産では、いまだに澤田さんの会社がナンバー1《ワン》?」

「そうだな。なんといっても、スペインのワイナリーとの関係を築いたのは私だし、スペインの人たちも義理がたいところがあって、当時からいまにいたるまで、うちと取り引きを続けてくれているワイナリーがほとんどだよ。輸入量は、昔と比べればぐんと増えたがね……」

荘一郎は言った。わたしは、うなずいた。ワイングラスに、沈もうとしている夕陽の最後の光が照り返していた。

「……それで、このヨットは〈MALAGA《マラガ》〉なんだ……」わたしは、つぶやいた。

荘一郎は、小さく、ゆっくりとうなずいた。

「マラガと口にするだけで、あの頃を思い出すよ。アンダルシア地方独特の優しく穏やかな海風を、いつでも思い出すことができる……」少し眼を細めて、荘一郎は言った。

わたしは、胸の中で、うなずいた。いい話がきけたと思った。自分の胸の中にも、いったことのないアンダルシア地方の海風が吹き抜けていくような気分だった。へたなドラマより、誰かの実人生はひとの心を動かすものだと、あらためて感じていた。

「出会ってからあと、そのカソルラさんとは？」わたしは訊いた。

「もちろん、よく会っていた。ワインを輸入する仕事の打ち合わせが必要だったから、年に数回はスペインを訪れ、彼と会ったよ。そんなときは、必ず彼のヨットに乗った。2、3日はマラガに滞在して、彼と一緒にヨットを走らせたものだ。陸《おか》に上がれば港のそばのバルにいき、夜ふけまで飲んだよ。お互いに、ファーストネームの〈ハビ〉と〈ソーイチロー〉と呼び合ってね。楽しかったな……」

荘一郎は言った。その表情は、少年のようでもあった。

「カソルラさんはいま？」

「もう亡くなったよ。私より20歳ほど年上だったからね。いまから7年前に亡くなった。スペインでの葬儀には、もちろん私もいったよ。彼の家族とは、いまも親交がある」

と荘一郎。そう言ったあと、しばらく何か考えている。やがて、口を開いた。

「そう……ハビ、いやカソルラさんの人生は終わった。そして、私の人生も、間もなく終わろうとしている」と言った。

わたしが何か言おうとすると、荘一郎は片手でそれを制した。

「いいんだ。君も浩一からきいたんだと思うが、私はもう長いことない。医者には、もって半年と言われている。それはいいんだ。いい人生を過ごしてきたと心から思える。この年からは、いろんな意味で衰《おとろ》えていくだけだろう。そんな人生に未練はないよ。覚悟はできている。あっちにいったら、先にいってるハビとまた飲んだり食ったりするさ」

淡い微笑をうかべて、荘一郎は言った。

「自分がこの世にアディオスと言うのはなんの迷いもないが、ひとつだけ気になっているのが、このヨットだ」と彼。「私が死んだら、息子の浩一はこのヨットを処分してしまうに決まっている。けれど、私は自分の死後も、このヨットが海を走っていてくれることを望んでいる」

彼は言った。わたしは、心の中で〈なるほど……〉とつぶやいていた。彼にとっては、自分の人生を変えた場所〈マラガ〉。その地名をつけたヨットは、彼にしてみれば、一艘《そう》の船という以上に、かけがえのない存在なのだろう。それは、わたしにも痛いほど感じられた。

「それで、お孫さんの利行君にヨットの技術を教えはじめた……」わたしは、つぶやいた。荘一郎は、うなずいた。

「そういうことなんだ」と言った。クーラーボックスから冷えたワインのボトルをとる。自分とわたしのグラスに注いだ。

「なるほどね……。で、利行君はどう？　有望なの？」

「さあね」と荘一郎。ホロ苦く笑った。「父親の浩一が、ガリ勉タイプの子に育ててしまったから、どうかなあ……。あいつがヨットをマスターできるかどうか……」と言った。沈もうとしている夕陽。斜めから射すレモン色の光が、荘一郎の横顔と白い髪を染めていた。海面に映《うつ》るヨットのシルエット。船体に描《か》かれた〈MALAGA〉の文字も、海面で揺れていた。

「末期ガンだってよお、マラガのオーナーさん」

という声がした。午後の3時。わたしは、ハーバー・ヤードの片すみにある倉庫にいた。小さな倉庫があり、ハーバーにとって必要な工具、オイル、予備のロープ、防舷材《フェンダー》などが置かれていた。

わたしは、若いハーバー・スタッフ3人と一緒に、その倉庫の整理と掃除をしていた。そのとき、倉庫のすぐ外で、男の声がしたのだ。倉庫の外では、ほかのスタッフが、船台の錆《さび》落としをやっていた。その1人が、また言った。

「ガン患者のオーナーさんを、放っておいていいのかねえ。まあ、ハーバー・マスターさんには、深い考えがあるんだろうけどな……」

と、わざと大きな声で言っている。その声でわかった。しゃべっているのは増田。ここのスタッフでも最古参の男だ。いま、四十代の後半だろう。

前のハーバー・マスターが定年退職した。もし社長の角田がわたしに白羽の矢をたてなかったら、この増田がつぎのハーバー・マスターになるはずだった。

それだけに、わたしがハーバー・マスターになった日から、増田は、わたしに敵意むき出しの態度を示していた。裏でわたしの悪口を言っている。ときには面と向かって嫌味を言ってくることもある。

わたしは、まったく無視していた。けれど、特に中年のスタッフの中には、増田と同じような気持ちの連中もいるようだった。無理もないだろう。突然、若い女が自分たちのいわば上司になったのだから……。体力を必要とするハーバーの仕事は、基本的に男性社会なのだ。それは、わたしも覚悟していた。

倉庫のすぐ外では、あい変わらず増田が、わたしへの当てつけを大きめの声で言い続けている。

わたしは、倉庫を出ながら、負けないほどの声で若いスタッフたちに言った。

「あとはまかせるわ。ゴキブリがいたら叩《たた》き潰《つぶ》してね」と言いながら倉庫を出ていく。

「最近は、ゴキブリがうろちょろしてるから気をつけて。倉庫の中だけじゃなくハーバーのあちこちにね」

増田を見ながら、そう言った。ハンマーで錆落としをしていた増田は、一瞬、わたしを睨《にら》みつけた。わたしは知らん顔。歩き去った。


「あれ、どうしたの？」

わたしは言った。月曜日の午後1時半。爽《さわ》やかな初夏の陽射しがハーバーにあふれていた。ポンツーンを歩いていたわたしは、ふと足を止めた。

舫《もや》ってある〈MALAGA〉。そのデッキに、利行がいた。祖父の荘一郎の姿はない。利行は、デッキの片すみにいた。両膝《りょうひざ》をかかえるようなかっこうで座っていた。

わたしは〈どうしたの？〉と声をかけた。きょうは平日。普通なら、利行は高校にいっているはずだ。いまは、Tシャツにジーンズという姿でヨットの上にいた。何か、考えごとをしているようだった。わたしは、ポンツーンからヨットに乗り移った。

「きょうは学校じゃないの？」訊《き》くと、「さぼった」という明解な返事がかえってきた。

利行は、両膝をかかえて、うつむいている。「何か考えごと？」わたしは訊いた。

利行は、しばらく黙っていた。やがて、口を開いた。

「お祖父《じい》ちゃんの病気のことは知ってるよね？」と言った。

「ええ、きいたわ」わたしは答えた。「で、荘一郎さんが、孫のあなたにヨットを教えている理由もきいたわ」

わたしが言うと、利行はうなずいた。また、しばらく黙っていた。そして、「迷ってるんだ……」と言った。わたしは何も言わずに利行の言葉を待った。

「お父さんが、受験勉強に身を入れて、一流大学に入れっていう理由もわかる。お父さん自身が一流の大学を出てるしね………。学校の担任も、お父さんと同じことを言ってるよ。……だけど……」

「だけど？」

「このヨットを、僕に面倒を見てほしいっていう、お祖父ちゃんの気持ちも、最近わかるようになってきたんで……」と利行。そこで口をつぐんだ。つまり、その2つの間で悩んでいるということだろう。

「ハーバー・マスターは、どう思う？」

「ハーバー・マスターなんて呼ばなくていいわよ。夏佳でいいわ」と、わたし。「……まあ、あなたも小学生じゃないんだから、それは自分自身で決めることじゃないかな」

わたしは言った。利行は、30秒ほど無言でいた。そして、「でも、どうしたらいいか、わからない……」と沈んだ口調で言った。

わたしは、利行の肩を軽く叩いた。

「まあ、そんなに思いつめないで、ちょっと気ばらしにいこう」と言った。

「気ばらし？」と利行。「そう。海の上を突っ走ってみるのもいいんじゃない？」

6　人生の舵は、あなたが切る

　その20分後。わたしと利行は海の上にいた。ハーバーのレスキュー艇に乗って沖に出ていた。いま乗っているレスキュー艇は、24フィートのモーターボート。船外機が一基、装備されている。

　午後の海は、穏やかだった。わたしは、ボートの舵輪《ステアリング》を握っていた。12ノットほどの、ゆっくりしたスピードで、ボートを走らせていた。船尾では、船外機がかろやかなエンジン音を響かせている。

　船首《バウ》は、コンパス方位240度に向いている。相模湾のまん中に出ていくコースだ。

　利行は、ボートの計器類をもの珍しそうに見ている。利行がいつも乗っているのは、荘一郎のヨットだ。いわゆるモーターボートに乗るのは初めてなのかもしれない。ヨットには、回転計、水温計などの計器類は基本的についていない。わたしは、目の前にある計器を指さし、

「これが回転計、これが油圧計、これが水温計」などと説明してやる。利行は、そのたびに、うなずいている。

やがて、岸から3海里《マイル》ほど沖まで出てきた。陸上の距離にすると5キロ以上だ。ここまでくると、走っている小型ヨットもいない。漁師がかけた網もない。あたりに、釣り船もいない。ただ、広い海が目の前に広がっていた。

わたしは、エンジンの回転数をゆっくりと落とした。アイドリングまで落とす。ボートはいま、人が歩くほどのスピードで動いている。

「じゃ、ボートを走らせてみようか」わたしは、利行の肩を叩いた。彼を舵輪の前に座らせた。「ほら、舵《かじ》を握らないと」

わたしは言った。利行は、びくびくしている。まるで蛇《へび》にでもさわるように、おっかなびっくりボートの舵に触れた。そっと、ステアリングを持った。

わたしは、ガバナー、つまりアクセル・レバーに手をかけた。ゆっくりと、アクセ

ルを開いていく。エンジン音が少し高くなり、ボートの速度が上がっていく。7ノット、8ノット、10ノット。

利行はひどく緊張した表情。がちがちにステアリングを握り込んでいる。そのせいで、ボートはまっすぐに走らない。

「腕の力を抜いて、楽に楽に」わたしは言った。何秒かすると、利行の腕から力が抜けた。ボートの走り方が安定してきた。

「じゃ、舵を少し左に切ってみようか」わたしは言った。利行は、おそるおそる舵を動かした。ボートは少し左に曲がる。「今度は右に」わたしが言い、利行がステアリングを切った。ボートは右にコースを変えた。

そんなことを10分ほどやっていると、利行もだいぶ慣れてきた。落ち着いて舵を切れるようになってきた。

そこで、わたしはさらにアクセルを開いた。ボートのスピードが、ぐんと上がった。10ノットから12ノット、15ノットまで上がった。利行の顔が引きつっている。「怖いよ！」と言った。

「怖くない。ぶつかるものは何もないんだから！」わたしは言った。そのまま、速度を落とさずにいた。いま、ボートは15ノットで直進している。利行は、こわばった顔でステアリングを握っている。ヨットでは経験したことがないスピードだろう。

そのまま、5分ほど走った。

利行の顔から、こわばりが少しずつ消えていく。10分ほどたつと、ほとんど平静な表情になった。

「ほら、怖くなんかないでしょう」と言うと、小さくうなずいた。「じゃ、舵を右に切ってみようか」と言うと、ステアリングを右に切った。ボートは少し内側に傾きながらカーブを切っていく。もう、利行の顔から恐怖感は消えていた。

さらに10分。利行は、完全に平静な表情でボートを操船していた。楽しんでいるというところまではいっていない。けれど、恐怖心は全く感じずに、ボートを走らせていた。やがて、わたしに言われなくても、自分で舵を切るようになった。ボートは、白い航跡を曳《ひ》き、どこまでも広い海面を走っていく。船首から細かい飛沫《しぶき》が飛び散り、初夏の陽射しをうけて光った。

「ひとつ、訊《き》いていい？」利行が、わたしに言った。海を走るのはひと休み。いまはボートを止めていた。ボートは、かすかな波をうけ小さく揺れている。

「ひとつでも、ふたつでも」わたしは、微笑しながら答えた。

「なんで、僕にボートを操船させたの？」と利行が訊いた。わたしは、まわりに広がっている海をゆっくりと見渡す。

「あなたに、自分の可能性を教えてあげたかったの」

「可能性……」と利行。わたしは、うなずいた。

「あなたは、まだ17歳で、自分の将来について迷っている。まわりの大人たちにいろいろ言われ、とまどってもいる。そこで、わたしは、あなたをここに連れ出したの」

わたしは言った。

「見てごらんなさい。この広い海が、あなたがこれから乗り出す人生。で、このボートが、あなた自身よ」と言い、わたしはボートの舵輪をポンと叩《たた》いた。

「……この海が、僕の？」と利行。わたしはうなずいた。「どこまでも広い海……。十代のあなたにとっての将来はこういうものだと思う。そんな海を、あなたというボートは自由に走っていくことができる。さっき、このボートを走らせたようにね」

わたしは言った。

「さっき、あなたは右に舵を切ったでしょう。あれはどうして？」

「あれは……右側の光っている海面の方にいきたかったから」利行は答えた。わたしは、また、うなずく。「それじゃ、自分のいく道も、そうやって決めていけばいいじゃない。自分がいきたい方向に舵を切る。ほかの人の指図なんか気にせず、自分にとって本当に何が大切かを考えて、判断していけばいいんじゃない？」

わたしは言った。利行は、うなずきながらきいている。

「あなたはまだ17歳だと言う大人たちもきっといるよね。でも、まだ17歳だけど、もう17歳でもあるわ。そろそろ、自分の人生の舵は自分で切る準備をはじめてもいいと思う。わたしがあなたを海に連れ出したのは、それを伝えたかったから」

と言った。わたしは、大きく息を吐く。空を見上げた。青い空に白い積乱雲がもり上がっていた。ミズナギドリが3、4羽、頭上を横切っている。利行も、眼を細め空を見上げている。

「もうすぐ夏がはじまるわね」わたしは、つぶやいた。

その6日後。日曜日。午後3時頃に、澤田浩一がやってきた。早足で、わたしの方にやってくる。

「息子の利行に何を言ったんですか!」と、きつい口調で言った。

日曜の午後3時。海に出ていたボートやヨットが、次つぎと戻ってくる時間だ。戻ってきた船で陸置きのものは、一艇一艇、クレーンで海から上げ船台に載せる。ハーバーが一番忙しい時間だ。

わたしも、クレーンのそばにいた。ハーバー・スタッフたちに指示をし、ときには自分もボートを海から上げる上架作業を手伝っていた。そこへ、血相を変えた澤田浩一がやってきたのだ。

「ちょっと頼むね」わたしはスタッフの山岡君に言った。クレーンのところをはなれる。浩一と向かい合った。

「利行が、家を出ていったんです」と浩一。

「それはいつですか?」と、わたし。「つい昨日《きのう》、利行が私に言った。この家を出て祖父のところで暮らすと……。何か、あなたから将来へのヒントをもらったとも言ってました。けれど、私はとり合わなかった。利行は、そんな思い切ったことのできる子じゃありません。しかし、今朝になってみると、利行の姿がない。身のまわりの物もなくなっていたんです。これは、どういうことなんですか。あなたは、なんと言って利行をそそのかしたんですか」

浩一は、一気にまくしたてた。わたしは、かすかに苦笑。

「利行君から相談されたので、少し元気づけてあげただけです。なんなら、本人からきいてみたらどうですか？　もうすぐここに戻ってくるはずだから」と言った。

荘一郎と利行は、朝の9時半からヨットで海に出ている。その出艇届けだと、帰港時間は、午後3時になっていた。もうそろそろ……と思ってふり向くと、〈MALAGA〉が、ゆっくりとハーバーに入ってきた。荘一郎が舵《かじ》を切っている。ハーバーに入港するとき、ヨットは帆《セイル》をたたむ。小型のエンジンで小さなプロペラを回し、それを推進力にして、細かいコースどりをするのだ。

〈MALAGA〉は、デッド・スロー（超低速）でハーバー内の水路に入ってきた。いつものポンツーンに向かう。その船首には、利行が立っていた。舫《もや》いロープを持って、船首に立っていた。

荘一郎の操船は完璧《かんぺき》だった。正確なカーブを切り、ポンツーンに接岸しようとしていた。ポンツーンまで1メートルまで近づいたとき、利行が舫いロープを持ったまま、船首からポンツーンに跳び移った。ベテランの乗組員《クルー》とまではいかないが、とにかく真剣な表情だった。ポンツーンに跳び移った利行は、持っていた舫いロープを、係留《ビッ》柱《ト》に巻きつけた。わたしは、〈へえ……〉と胸の中でつぶやいていた。利行の動きが、予想していたよりすばやく正確だったからだ。

浩一が早足で歩き出した。ハーバー・ヤードからポンツーンにおりるステップへ。わたしも、そのあとに続いた。

〈MALAGA〉が舫われているポンツーン。利行が、ビットに結んだ舫いロープを確認している。そこへ、父の浩一が早足でいく。

「いったい、どういうことだ」と言った。利行は、点検していた舫いロープから顔を上げた。まっすぐに浩一を見た。

「家を出るってのは、どういうことなんだ」と浩一。

「どうって？　僕は、お祖父《じい》ちゃんの家で暮らしはじめたし、そこから学校もいくよ」

「学習塾は、どうするんだ。受験勉強は、どうする」

「よく、わからない。だいたい、一流の大学を出ることに、どういう意味があるのか、あまりわからなくなってきたんだ」

「意味はあるに決まってるじゃないか。お前は、いずれうちの会社の社長になるんだ」と浩一。

「でも、会社の社長になるのに、一流大学を出ることがどうしても必要なのかな……。父さんは確かに一流大学を出てるけど、それが会社をやっていくのに本当に役立ってる？」利行が言った。

「……それは」と浩一。一瞬、言葉につまった。そのときだった。ヨットの上で、笑い声がした。荘一郎だった。

「痛いところを突かれたな」と荘一郎。ヨットのデッキに腰かけ、ワインを飲んでいる。ポンツーンにいる浩一を見た。

「お前は、確かに一流大学の卒業証書を持っている。社長の椅子も持っている。立派なマンションも持っている。高級車も持っている。が、一つだけ持っていないものがある。それは、ワインへの愛着だ」荘一郎は言った。

「そんなことは……」と浩一。

「そんなことはないか？　お前にとって、ワインはただの商売物に過ぎないと私は感じているんだが、違うかな？」

「違います。私だって、ワインへの情熱は持っていますよ」強い口調で、浩一は言い返した。荘一郎は、うなずいた。荘一郎は、ヨットのキャビンに入った。プラスチックのグラスに入った赤ワインを持ってきた。

「これは、いま私が飲んでいるワインだが、このワインの産地がお前ならわかるだろうな……。もし、産地を言い当てることができたら、お前さんが言うワインへの情熱を認めようじゃないか。そして、利行を説得して、お前の家に戻るようにしようじゃないか」

荘一郎は言った。ワイングラスを浩一にさし出した。浩一は、少し迷いながらも、グラスをうけ取った。まず香りをかいだ。そして、ゆっくりと口に運んだ。ワインを口にふくんだ。嚙《か》むようにして、飲んだ。3秒ほど眼を閉じていて、開いた。

「うちの会社で輸入しているスペインワインの67パーセントは、南部アンダルシア地方のものです。だが、これは違う。カタルーニャ地方のものです」浩一は言った。

荘一郎は、苦笑した。

「お前は、やはり、頭でっかちでしかないな。確かに、うちの会社では、カソルラさんとのつき合いからはじまっているので、マラガを中心とするアンダルシア地方のワインを最も多く輸入している。その次に輸入量が多いのがバレンシア地方のもの、そして最も輸入量が少ないのがカタルーニャ地方のものだ。それはそれとして、〈産地を当ててみろ〉と言うぐらいだから、アンダルシア産では当たり前すぎるとお前は考えたんだろう。それで、うちでの輸入量が一番少ないカタルーニャ地方のものではと考えた。そんなところだろう」と荘一郎。「だが、私は、これがスペイン産のワインなどとは言っていない」

7　世界で一番重い封筒

沈黙。3秒……4秒……5秒……。

やがて荘一郎は、またキャビンに入る。1本のワインを持って出てきた。そのラベルには、日本語が描《か》かれていた。

「これは、甲州産、つまり山梨県のワイナリーで造られたものだ。お隣りからのいただき物さ」荘一郎は言った。隣りのポンツーン。舫われたヨット、〈SUNRISE《サンライズ》〉の上では、4、5人が飲み食いをしていた。日曜の遅い午後らしく、にぎやかに飲んでいる。

荘一郎は、持っていたワインのボトルを上げてみせた。隣りの〈SUNRISE〉

で、オーナーの坂本《さかもと》さんが、片手を上げて応《こた》えた。

荘一郎は、浩一に向きなおる。

「お前さんは、確かに会社の売り上げを伸ばすことはできた。だが、ワインについては何も知ることができていなかった。残念なことだが……」

「ハーバー・マスター」と呼ぶ声がした。

その日の午後6時半だ。天気のいい日曜は、海に出るヨットやボートが多い。そんな船たちは、遅い午後から夕方に帰港する。わたしたちの仕事も、夕方過ぎまで続くことになる。こういう日だと、完全に仕事が終わるのは、6時から7時ということになる。

そんな忙しい一日の仕事も、やっと終わろうとしているときだった。ハーバー・スタッフが、わたしを呼んだのだ。何？　と訊《き》くと、

「ヨットのマラガの上で、酔っぱらっちゃってる人がいて」とスタッフ。わたしは、うなずく。スタッフと一緒に〈MALAGA〉に向かって歩きはじめた。荘一郎と孫の利行は、とっくに帰っていったはずだ。

ポンツーンから〈MALAGA〉をのぞいた。確かに、1人の男が仰向《あおむ》けになっていた。それは浩一だった。あたりに、空になったワインのボトルが4、5本、転がっていた。どうやら、キャビンにあったワインをがぶ飲みしたらしい。

わたしは、ヨットに乗り移った。「澤田さん」と言って、彼の肩をゆすった。2、3回肩をゆすると、彼は眼を開けた。とろんとした眼で、わたしを見た。眼の焦点が合っていない。

「大丈夫？」わたしは、さらに声をかけた。

彼の眼の焦点が、少しずつ合ってきた。わたしの顔を見ている。その眼に、怒りがあらわれた。わたしを睨《にら》みつける。突然、大声をあげた。体を起こし、「この女！」と叫んだ。そばにあったワインのボトルをつかむ。わたしに殴りかかってきた。わたしは手で顔をガードした。けど、ボトルが、わたしの額《ひたい》に当たった。強く当たったのではないけれど、ボトルの角が額をかすめた。

気がつくと、若いスタッフたち2人が、浩一を押さえつけていた。浩一の手には、もうボトルはない。スタッフに押さえつけられた浩一は、何か、わめきはじめた。酔っぱらってもいるし、感情もたかぶっているのだろう。

「そりゃ、親父はえらいよ。ワインにはくわしいし、男らしいし、えらいよ……でも、私だって、私だって、会社の売り上げを二倍にしたんだ、二倍に……」と言った。かなり、ろれつが廻《まわ》っていない。ききとれたのは、そのところだけだ。その後も、ききとれないことをわめき続けた。

わたしは、スタッフたちに、彼をヨットからおろすように言った。少し酔いが醒《さ》めるまで、ガードマンの宿直室にでも寝かせておくしかないだろう。浩一は、スタッフたちにかかえられてヨットからポンツーンに乗り移った。

「やれやれ……」わたしは、つぶやいた。すると、近くに残っていた山岡君が「額から血が出てますよ」と言った。わたしは、自分の額に指で触れてみた。確かに、少し出血しているようだ。浩一がワインのボトルで殴りかかってきたときの怪我だ。

「たいしたことないわよ」わたしは言った。ここはハーバーだ。応急手当てをするための包帯や止血剤などは用意してある。

「お、誰かに頭突きでもくらわせたか」と雄作。カウンターの中で言った。居酒屋フジツボ。頭に包帯を巻いたわたしが入っていったところだった。

「とにかく、ビールちょうだい。それと枝豆」わたしは言った。雄作はうなずく。生ビールをジョッキに注ぎはじめた。

「で、どうしたんだよ。ケンカか？」と訊いた。

「まったく、くだらないことよ」と、わたし。枝豆をつまみ、ジョッキのビールを飲みながら話した。雄作は、うなずきながらきいている。わたしは話し終わり、軽くため息をついた。ビールをおかわりした。

「ハーバー・マスターっていうのも、けっこうしんどいもんだな」雄作が言った。

「たまには、こんなこともあるわよ」わたしは、二杯目のビールに口をつけた。

「でも……」と雄作が口を開いた。「その、酔っぱらったおっさんも、ちょっと可哀そうな気がするなあ……。お父さんに追いつくためには、会社の売り上げを伸ばすしかなかったのかもしれないし……」

　と言った。わたしは、かすかにうなずいた。雄作も、うなずいている。小雨が、店の小さな窓ガラスを濡《ぬ》らしはじめていた。

　つぎの土曜日。午後1時半。利行が一人でハーバーにやってきた。

「珍しいじゃない。お祖父《じい》ちゃんは？」わたしは訊いた。このところ、荘一郎と利行は一緒にやってくることが多い。

「お祖父ちゃんは、なんかやることがあるんだって。先にいって、出航の準備をしておけって言われて……」と利行。わたしは、うなずく。利行と並んでハーバー・ヤードを歩きはじめた。

「お祖父ちゃんの家で暮らすのは慣れた？」わたしが訊くと、利行はうなずいた。

「それはいいんだけど……」と、つぶやいた。

「……だけど？」訊くと、しばらく黙っていた。やがて口を開いた。

「お祖父ちゃんと暮らす、ヨットをやめないって決めたけど、それが本当に正しかったかどうか……。正直言って、まだ自信が持てないみたいで……」と言った。

わたしたちは、ハーバー・ヤードの端まできていた。ポンツーンに舫《もや》われているヨットやボートが見おろせる。水路には、さざ波が立ち、海面が初夏の陽を照り返していた。

「以前、ある有名な作家の本を読んだんだけど、そのタイトルをちょっと思いついてね……」わたしは口を開いた。利行が、わたしの横顔を見た。

「そのタイトルは、『持つと持たぬと』っていうんだけど、10年ぐらい前に読んだことがあってね」わたしは言った。それは、わたしが、つかの間の女子大生生活をしているとき、英米文学のテキストに使われたものだ。

「『持つと持たぬと』？」利行が訊き返した。

「そう……。なんでそのタイトルが頭に浮かんだかっていうと、あなたのお父さんとお祖父さんのことを考えていたから」わたしは言った。「そううまく分けられるわけじゃないけど、人には2つのタイプがあるような気がするの。1つは、何かを持つことを大切と考えるタイプ。もう1つは、何かをできるかどうかを大切にするタイプ……」

わたしは言った。利行は、じっと、わたしの横顔を見ている。

「あなたのお父さんは、何を持っているかを大切にするタイプで、だから、あなたに一流大学卒という学歴を持たせようとした。あなたのお祖父さんは、人は何ができるかを大切にする人だから、あなたにヨットのあつかい方や海のことを教えようとしている。わたしには、そんなふうに思えるんだ……」

利行は無言。視線をポンツーンの方に向けた。

「そしてあなたは、お祖父さんを選んだ。ということは、本能的に、自分が何かをできる人間になりたいと思った、その結果だと思うの。ちがうかな……」

「……ちがってないような気がする。僕は、とりあえず、ヨットで海を走れるような人になりたい」利行は言った。

「それなら、問題ないじゃない。前にも言ったけど、あなたはもう17歳よ。自分のことは自分で決める。そして、決めたことには自信を持っていいと思うけどね」

わたしは言った。利行は1分ほど無言でいた。やがて、はっきりとうなずいた。わたしは、「じゃ、問題解決ね。ほら、出航準備」と言った。利行の背中をポンと叩《たた》いた。利行は、一度だけ、わたしに笑顔を見せる。ポンツーンにおりていった。

その30分後。荘一郎がやってきた。わたしを見つけると、

「ちょうどよかった。預けたいものがあってね」と言った。「預けたいもの?」訊《き》き返すと、彼は一通の封筒をとり出した。「私の遺言状だ」と言った。

「遺言状……」さすがに、わたしも言葉につまった。荘一郎は、表情を変えずに話しはじめた。

「普通なら、遺言状は家族に預けるだろうが、浩一はダメだ。この遺言状の一番大切

な内容は、葬式のことなんだ。君も知っての通り、私はもう長くない。だが、私が死んでも葬式などはしなくていい。もともと、そういう形式ばったことは、私の性《しょう》に合わないからね。しかし、浩一にまかせたら盛大な社葬をやるに決まっている。会社としての見栄《みえ》と今後の商売のために……。それを避《さ》けるために、この遺言状には〈葬式不要〉とはっきりと書いてある。これを君に預けるから、私が死んだら開封してくれ」

と荘一郎。

「私の骨は、法的に正しい手段で海に撒《ま》いてほしい。それも、この中に書いてある。さらに、私の預金は、ヨットを維持するために使ってほしいとも書いてある。預金の管理はハーバー・マスターの君にまかせるよ」と荘一郎。

「……こんな大切なものを、わたしに？」言うと荘一郎は微笑した。

「これまでの私の人生で、信頼のおける人間、ベスト・スリー。1は、亡くなった家内、2は、スペインのカソルラさん、そして、3が君だ。が、いま生きているのは君しかいない。そういうことで、よろしく頼む」

と荘一郎。一瞬、眼を細めわたしを見た。初秋の陽射しのように優しいまなざしだった。やがて、彼はわたしの肩をポンと叩いた。

「じゃ、ハーバー・マスター」と言い、自分のヨットに向かって歩きはじめた。

わたしは、その封筒を手に、荘一郎の背中を見ていた。

ヨットの上には、利行がいた。もう、出航の準備はできているらしい。荘一郎がヨットに乗り込むと、利行が舫いロープをほどいた。荘一郎が舵《かじ》をとり、〈MALAGA〉は、ゆっくりとポンツーンを離岸していく。

水路に出たところで、荘一郎は、わたしに向かって軽く手を振った。わたしも、手を振り返した。〈MALAGA〉は、ゆっくりとハーバー内の水路を抜け、出入港口に向かっていく。

それを見送っているわたしの手には、荘一郎の遺言状があった。ハーバーというところは、オーナーたちのヨットやボートを預かるところだ。けれど、ときには、こういう預かり物をすることもあるんだなあ、と、わたしは思った。

そして、この封筒を開く日が、一日でも遅くなることを、心の中で祈っていた。

一瞬の強風《ブロー》が吹き抜け、わたしの前髪と、手にした封筒を揺らして過ぎた。

8　処女航海

ポンッ、ポンッ。シャンパンのコルクを続けて抜く音が響いた。

初夏の陽射しがあふれるハーバー。午前11時。いま、一艇のボートの進水式がおこなわれていた。進水式といっても、大型客船ではない。船体にシャンパンをぶつけるようなことはしない。そこに集まった関係者が、シャンパンで乾杯をするのだ。

きょう進水するのは、イタリー製のプレジャーボート。38フィートのスマートなデザインの船だ。

クレーンのすぐ近くにあるセンター・ポンツーンに、新艇が舫われていた。進水式なので、船の手すり《パルピット》には、紅白のテープが巻かれている。

周辺には、社長の角田、ハーバー・マスターのわたし、それにハーバー・スタッフが5人ほどいる。そして、船のオーナーたち。この船は、IT関係の会社が買って、うちのハーバーに置くことになった。その会社の社長、副社長、若い社員が4、5人いた。

オーナーによっては、進水式に神主《かんぬし》をよんでお祓いをしてもらうこともある。けれど、このオーナーは、IT企業の人たちだ。神主は不要ということだった。

皆に、シャンパンのグラスが配られた。そろそろ乾杯がはじまる。そのとき、〈ケン・ボートサービス〉の剣崎《けんざき》さんが、わたしに声をかけてきた。剣崎さんは、このボートを輸入し、税関を通し、船の備品を装備し、横浜のドックからこのマリーナまで船を回航してきた船舶関係のプロだ。

「ハーバー・マスター」と剣崎さん。わたしは彼を見た。「ちょっと、伝えておきたいことがあるんですけど」と言った。「何、心配ごと?」と、わたし。彼は、小さくうなずいた。

そのとき、角田が簡単なあいさつをはじめた。〈このマリーナで、快適なボートライフを楽しんでください〉という内容の、いつものあいさつ……。

はじまりは、３ヵ月ほど前だった。

わたしは社長の角田に呼ばれた。事務所のソファーで向かい合った。新艇がうちのマリーナにやってくるという話だった。特別に珍しいことではない。毎年、マリーナを出ていく船が何艇かあり、新しく置かれるのも何艇かある。

「オーナーは、IT関係の会社を経営している」と角田。一通の書類をテーブルに置いた。このマリーナに船を置くための申込み書だった。

ボートの所有は、〈TEC《テック》・1《ワン》〉という株式会社。会社の名義で、船を登録するらしい。これも、よくあることだ。その〈TEC　1〉の社長は、〈野間純一《のまじゅんいち》〉という。彼が代表所有者ということになるらしい。

「この会社は？」わたしは、いちおう訊いた。「調べた結果、コンピューター・ソフトを開発し発売する会社だということだ」と角田。「社長の野間さんという人が、かなり天才的なコンピューターのシステムエンジニアらしく、会社の業績は、毎年50パーセント増という状態だという。まあ、船のオーナーとして問題はないだろう」と言った。

「で、どんな船を置くの？」

「イタリー製のサロン・クルーザーだ。いま、〈ケン・ボートサービス〉の剣崎さんが現地から輸入する手続きをとっているという。キャビンのソファーのレザーまですべて特注なので、日本に着くのは約2ヵ月後。剣崎さんの会社で艤《ぎ》装《そう》や何かをするので、進水するのは、3ヵ月ぐらい先だな」と角田は言った。

それから約3ヵ月。夏がはじまろうとしているいま、船は進水した。わたしが初めて見る艇種のクルーザーだった。イタリー製らしく、曲線を多用した洗練されたフォルム。船体には、細い文字で〈TEC　1〉と船名が描《か》かれている。

きのう、この船が横浜から回航されてきたとき、わたしは船に入ってみた。キャビンの内装は、見るからにお金がかかっていた。すべてのソファー類は本革。まだ新しい革《かわ》の匂いが漂っている。

操船席《ヘルム》も、いかにもイタリー製という感じだった。舵輪《ステアリング》やレバーのデザインも洒落《しゃれ》ている。最新型の航海機器がフル装備されている。それは、ヨーロッパ製の高級車を連想させた。

シャンパングラスを手にそんなことを思い返していると、声をかけられた。この船の持ち主〈TEC　1〉の副社長、東悠次《ひがしゆうじ》という人だった。東は、まだ三十代の前半だろう。夏物の麻のスーツ。ノーネクタイ。スーツも、その下のシャツも、いかにも高級そうなものだった。髪は、小ざっぱりとカットされている。青山や麻布《あざぶ》あたりのカット・サロンに通っているのだろう。

「どうも、お世話さまです」と、その東が言った。わたしも、笑顔を返した。

この船を置くにあたって、最初から話を進めていたのは、この東だった。何回か、ハーバー事務所で会っている。会っているうちに、彼の会社〈TEC　1〉についても自然に話をきいた。

東と、社長である野間は、6年ほど前、あるIT関係の会社で同僚として知り合った。その頃すでに、野間はシステムエンジニアとして天才的なひらめきを見せていたという。一方の東は、ITの営業畑で仕事をしていた。

「私と野間は意気投合しましてね、5年前に〈TEC　1〉を立ち上げたんです」と東。野間が、新しいコンピューター・ソフトを開発。東が、その製品化や営業に走り回ったという。

「おかげさまで、いまでは社員を40人かかえる会社になりました」東は言った。〈TEC1〉の業績は、毎年、急速に上昇してきたという。おそらく1億円をこえるこの船をポンと買えるぐらいだから、その言葉に嘘や誇張《こちょう》はないのだろう。

進水式をやっているポンツーン。わたしは、シャンパングラスを手に、東と雑談していた。ソフトな口調の東と話しながら、社長である野間の姿も眺めていた。

野間も東と同じ年頃。三十代の前半だろう。が、いわゆる社長という雰囲気はまったくない。色白で細面《ほそおもて》の顔に、メタルフレームの眼鏡をかけている。やや長めのサラリとした髪。シンプルな白い半袖《はんそで》のポロシャツ。コットンのスラックス。

ぱっと見は、大学の研究室にいる理系の研究員という感じだった。それは、天才的なシステムエンジニアという事実と矛盾《むじゅん》はしていないのだけれど……。

野間は、ポンツーンに舫《もや》われている船を、何か物珍しそうに眺めている。まるで、子供が新しいオモチャを与えられたときのようだった。

そこで、わたしは、いつか東が言っていたことを思い出していた。雑談の中で、「主に船に乗るのは、どなたが？」と社長の角田が訊《き》いた。すると東は、「主には社長の野間が乗ると思います」と言った。さらに言葉を続けた。

「野間は、これまでコンピューター・ソフトの開発に熱中してきました。けど、たまには息抜きも必要だと思うんです。そこで、まず、私がやっているゴルフに誘ってみたんですが、それは1回クラブを握っただけでやめてしまいました」

と東。苦笑まじりに言った。

「いろいろ考えたあげく、船にたどり着いたんです。たまたま、うちには船舶免許をとった社員がいるので、そう考えたわけです。船で海に出るのは、いい気分転換になるのではと思い、今回の話を進めているわけです」と東は言った。

そんなことを思い出して、わたしは、社長の野間を眺めていた。すでに、彼に寄りそうようにしている一人の美人には気づいていた。

彼女は、野間がハーバーにやってきたときから一緒だった。一見して、モデルのような感じだった。淡いベージュのパンツスーツは、あきらかに高級ブランド物に見えた。むらなく完璧《かんぺき》に染められた栗色の髪は、セミロングにしている。上手にメイクをした美しい顔。年齢は、25歳か26歳というところだろうか。

そんな野間と、恋人らしい彼女を眺めていると、ボートサービスの剣崎さんが、またやってきた。「いいですか？」と剣崎さん。わたしは、うなずいた。「なんか、心配ごとがあるって言ってたわね」と言った。剣崎さんは、「ええ……」と言った。

「オーナーの部下の若い社員が船舶免許を持ってるんですが、その、操船の腕がいまいちなんですね。はっきり言って、頼りないですね」

と剣崎さん。きのう、横浜のドックからこのマリーナに船を回航してくるとき、その若い社員も同乗してきた。剣崎さんは、ときどき船の舵《かじ》を持たせ操船させてみた。が、かなり危なっかしかったという。きけば、船舶免許をとって約半年。免許をとってから、実際に操船したことはないらしい。

「なるほどね……」わたしは言った。

船舶免許を持っているからといって、ちゃんと操船できる保証は何もない。それは、クルマと同じことだ。その社員は、クルマでいえば新米《しんまい》のドライバーなんだろう。免許とりたて、若葉マーク……。

「しかも、この船は、けっこう大きいですからね」と剣崎さん。「そうね……」わたしは、つぶやいた。38フィートというと、うちに置かれている船の中でも大きい方だ。当然、操船は難しくなる。

「まあ、きょうは私が舵を握りますけど、後あとが心配ですね。ハーバー・マスター、くれぐれも気をつけていてください」と剣崎さん。彼が言った〈きょう〉とは、船をひとっ走りさせることだ。もうすぐ、関係者たちを乗せて、ハーバーの近くをひと回りする。いわば、処女航海だ。進水式では恒例になっていることだ。

「はい、気をつけてください」とハーバー・スタッフ。船にお客を乗せはじめた。手を貸して、ポンツーンから船に乗り移らせる。社長の野間。その恋人らしい彼女。副社長の東。そして、〈TEC　1〉の若い社員が4人……。

彼らが乗り込むと、剣崎さんとわたしも乗り移った。

剣崎さんが、二階部分のフライブリッジに上がる。操船席《ヘルム》に腰かけ、エンジンをかける。この船には、ボルボ社のディーゼルエンジンが二基、装備されている。左右のエンジンを次つぎとかける。低くなめらかなディーゼル音が響きはじめた。最新型のエンジンは、音が静かだ。剣崎さんとわたしは、メーター類をチェックする。回転計、電圧計、油圧計……。水温計は、エンジンをかけたばかりなので低い数値を示している。

剣崎さんが、GPS、レーダーなどのスイッチを入れた。そして、わたしにうなずいた。出航準備オーケイ。わたしは、ポンツーンにいるハーバー・スタッフに手で合図をした。

ハーバー・スタッフが、舫いロープをほどく。下のデッキにおりたわたしは、ロープをうけとる。剣崎さんが、船のクラッチを前進に入れた。船は、ゆっくりとポンツーンを離れた。

プロ中のプロである剣崎さんの落ち着いた操船で、船はハーバーを出た。8ノットの、ごくゆっくりとした速度で、相模湾に出ていく。きょう、風はまったく吹いていない。うねりもない。海は、べた凪《な》ぎだった。これなら、船酔いする人もいないだろう。処女航海には絶好の日だ。

ハーバーを出て5分。わたしは、下にいる野間に声をかけた。「あがってきたらどうですか？　眺めがいいから」と言った。野間は、うなずく。フライブリッジに上がってきた。

二階部分にあたるフライブリッジは、当然、見晴らしがいい。周囲には、初夏の海が広がっている。右側に江の島が見える。けれど、野間が見ているのは、ヘルムの航海機器だった。

メーター類は最新型なのでデジタル表示のものが多い。さらに、GPS、レーダーなどの航海機器……。野間は、それらを興味深そうに見ている。ときどき、メーター類を指さし、剣崎さんに〈これは？〉などと訊いている。わたしは、胸の中で〈なるほど〉とつぶやいていた。システムエンジニアの彼にとっては、海の風景より、デジタルのメーターの方が興味をそそるのかもしれない。わたしは、大いに納得していた。


「お疲れさま」

わたしは剣崎さんに言った。12時過ぎ。進水式と、短いクルージングは終わった。船は、ハーバー・ヤードに上げられ、船台に載っている。〈TEC　1〉の連中は帰っていった。

ハーバー・スタッフが2人で、船を洗っていた。〈フラッシング〉といって、海水を通してオイルを冷却する部分に真水を通して潮を落としている。もう1人は、船のボディをブラシで洗っている。

ほとんどのオーナーは、船を上げたあと、こういう作業を自分で、あるいは乗組員《クルー》と一緒にやる。けれど、金持ちのオーナーの一部は、それをハーバーに任せることがある。1回あたりの料金を払い、乗ったあとの船の手入れをハーバー・スタッフにやらせるのだ。

この〈TEC 1〉も、そういう契約になっていた。剣崎さんは、スタッフが洗っている船を眺める。「何かトラブルが起きなきゃいいですけどね」と心配そうに言った。

その12日後に、トラブルは起きた。

9　SOS

「ハーバー・マスター！」と大きな声がした。スタッフの山岡君が、ハーバー事務所を出てわたしの方に小走りでやってくる。

午後1時過ぎのハーバー・ヤードだ。

「テック・ワンが何かトラブルのようで、いま無線が入ってます」と山岡君。「わかった」わたしは言った。早足でハーバー事務所に向かう。

そうしながら思い返していた。〈TEC　1〉は、午前11時頃に出港した。乗っているのは、社長の野間、その彼女、そして唯一船の免許を持っている若い社員。確か佐々木《ささき》という名前だった。

わたしは、ハーバー事務所に入った。事務所には〈マリンVHF〉という無線機がある。船と連絡をとるための無線機だ。無線のチャンネルは、通常使用する77チャンネルになっている。

わたしは、無線のマイクを持つ。マイクの側面にある通話ボタンを握りこみ、呼びかけた。「テック・ワン、無線とれますか?」と呼びかけた。

4、5秒して「こちら、テック・ワン」と無線機のスピーカーから声が響いた。どうやら、船舶免許を持っている佐々木という社員らしい。その声が緊張している。

「何が起きたんですか?」わたしは訊《き》いた。「それが、急にすごい振動がしはじめて」と佐々木。あせった声で言った。

「振動? 船全体が?」と、わたし。「そうです。走ってるうちに急に」と佐々木。

「クラッチを中立《ニュートラル》にしてみましたか?」

「はい、してみました。中立にすると、振動は止まります。いまも、中立にしたままです」佐々木は言った。

わたしは、胸の中でうなずいていた。クラッチを入れる、つまりプロペラを回しはじめると振動がする。クラッチを中立にしプロペラを止めると振動も止まる。ということは、プロペラに何か異常が起きたことを意味している。

「了解。これからレスキューにいくから、緯度《いど》と経度《けいど》を言ってください」と、わたし。

「え……緯度と経度って……」と佐々木。おろおろした声を出した。

「船舶免許持ってるんでしょう？　緯度・経度はGPSに表示されてるはずです。たぶん左上あたりに」わたしは言った。「は、はい」と佐々木。10秒ほどすると、

「あ、ありました」佐々木は、たどたどしい口調で、なんとか言った。わたしはすでに、マリーナ近海の海図を開いていた。緯度・経度を確かめる。〈TEC　1〉の現在位置は、マリーナの西南西、2海里《マイル》、約3・7キロのあたりだった。

「じゃ、15分か20分でいけると思うから、クラッチは中立のままにしといて」わたしは無線で言った。スタッフの中では一番操船の上手な山岡君に、「レスキュー艇の準備」と言った。

わたしは、ハーバー事務所の奥にあるロッカールームに入った。自分のウェットスーツ、シュノーケル、水中マスクをとり出した。

プロペラを回すと、船全体が振動する。その原因は2つ考えられる。

その1、プロペラが変形した。理由の1つは、岩礁などにぶつけたこと。ただ、い

ま〈TEC　1〉がいる位置は、水深60メートル以上ある。岩礁にぶつけたとは考えづらい。

もう1つ考えられる理由は、海に浮いている何かに衝突したことだ。日本の沿岸には、いろいろな物が浮いている。河から流れ出た木材など。そして最近すごく多いのが海に投棄された家電品などだ。わたし自身、ほとんどの家電品を海面で見たことがある。テレビ、冷蔵庫、エアコンなどなど……。

それはたぶん不法投棄されたものだろう。けれど、現実には、そんな物たちが海面や海面のすぐ下に浮いている。それにぶつかれば、プロペラは簡単に変形してしまう。そんな例を、わたしは何回となく見てきた。

プロペラを回すと振動する。原因の2は、何かがプロペラにからんだことだ。沿岸漁業がさかんな日本の海には、ちぎれた漁網《ぎょもう》やロープ類がよく浮かんでいる。それらがプロペラにからむことは多い。こっちの方が、確率的には大きいだろう。

いずれにしても、海に潜ってみるしかないだろう。わたしは半袖《はんそで》のウェットスーツを着込んだ。下も膝《ひざ》たけの長さのウェットスーツだ。ロープなどを切るために、刃がギザギザになっているナイフを用意した。

水中マスクとシュノーケルを持ち、わたしはハーバー事務所を出た。

ポンツーンには、山岡君がいた。すでに、レスキュー艇のエンジンはかかっている。わたしは、レスキュー艇に早足で歩いていく。

「まずいっすね。風が上がってきてます」山岡君が言った。わたしも、すでに感じていた。北東からの風が吹きはじめていた。太平洋側の海上に低気圧が発達してきている。その低気圧に向かって風が吹き込んでいる。風は、どんどん強くなっていきそうだった。

「急ごう」わたしは山岡君に言った。レスキュー艇に乗り込んだ。舫《もや》いをといたレスキュー艇は、ポンツーンを離れる。山岡君が舵《かじ》を握り、ハーバーを出ていく。

「もうかなり吹いてますね」舵輪を握っている山岡君が言った。わたしも、うなずいた。海上では、相当な風が吹きはじめていた。ところどころに小さな白波が立っている。山岡君が船のアクセルを押し込んだ。レスキュー艇は、西南西に船首《バウ》を向け走りはじめた。

「あれね」わたしは言った。

いく手の海面に、〈TEC　1〉が見えた。300メートルほど先。止まったまま、波にもまれている。あたりは一面に白波が立っている。

「とび移るから接近して」わたしは言った。山岡君は無言でうなずく。レスキュー艇をさらに進める。あと30メートルのあたりまできて、スピードを落とした。

「大丈夫ですか？」と山岡君。うまくとび移れるかということらしい。〈TEC　1〉は、波と風にもまれて不規則に揺れている。上下動もしている。

「海に落ちたら、ひろって」わたしは笑顔で山岡君に言った。山岡君はうなずく。レスキュー艇を〈TEC　1〉に近づけていく。

あと5メートルのところまできた。けれど、両方の船が大きく揺れている。とび移るタイミングがつかめない。わたしは待った。波にもまれている船も、一瞬、揺れがおさまるタイミングがあるものだ。

2分後。〈TEC　1〉の揺れが一瞬止まった。

「いま！」わたしは言った。山岡君がレスキュー艇のアクセルを開く。一気に〈TEC　1〉に接近する。ぶつかる寸前で、クラッチを後進に入れた。二艇の船べりが50センチほどまで近づいた。わたしは、ためらわず、レスキュー艇の船べりを蹴《け》った。

〈TEC　1〉のデッキにとび移った。

　ひと息つく。デッキには、佐々木がいた。顔が蒼《あお》い。引きつった表情をしている。

「怪我人はいませんか？」わたしは言いながら船のキャビンをのぞいた。野間がいた。さすがに緊張した表情。

「彼女は？」と訊いた。野間はうろたえた口調で、「たぶん、トイレ。船酔いしたみたいで」と言った。

「たぶんじゃダメでしょ。ちゃんと確認してください！」わたしは言った。こういう海が荒れた場合、全員が船上にいることを確認するのは大事だ。特に船酔いした人は、思わず船べりから身をのり出して吐く場合が多い。そのとき、落水してしまうことは少なくない。あっという間のことなので誰も目撃していないことがよくある。そうなると、まず助からない。

「急いで、トイレ確認して！」わたしは野間に言った。野間は、はじかれたように立ち上がった。揺れている船上。よろけながらトイレの方にいく。しばらくすると戻ってきた。「大丈夫。トイレで吐いてる」と言った。

　わたしは、うなずく。フライブリッジに上がった。操船席《ヘルム》にいく。船のクラッチを後進に入れた。アクセルを少しふかした。

前に走っていて、プロペラに何かを巻きつけた場合、逆回転、つまり船をバックさせてみると、巻きついていた何かがほどける場合もあるからだ。

ブルブルと振動しながら、船はバックする。30秒ほど、バックし続けた。けれど、振動がおさまる気配はない。仕方ない。潜るしかないだろう。

「潜って、プロペラの状況を見てきます」わたしは言った。デッキに出る。顔に水中マスクをつける。シュノーケルを口にくわえる。腰のベルトに、ナイフがおさまっているのを確かめる。デッキでは、佐々木と野間が、不安げな様子で見ている。

わたしは、船尾にいく。スイミング・プラットフォームから、ためらわず海にとび込んだ。

まず一度、海面に顔を出す。空気を思いきり吸い込む。そして、潜った。船の下側に潜っていく。

2枚のプロペラが見えてきた。近づいていく。右舷《うげん》側のプロペラには、ロープが巻きついていた。左舷側のプロペラには、漁網のようなものが、からみついている。それを確認し、一度、海面に上がった。

佐々木と野間が、船べりからのぞき込んでいる。わたしは簡単に状況を伝えた。

「からんでるロープを切ってみます」と言う。また空気を吸い込む。潜った。

右舷側のプロペラに巻きついているロープは、そう太くはない。けれど、何重にも巻きついている。わたしは、左手でプロペラにつかまり体を保持する。右手で、腰のベルトからナイフを抜いた。ロープを切りはじめた。

しばらくすると、呼吸が苦しくなってきた。わたしは、海面に上がる。空気を吸い、ひと息つく。また、海に潜る。

それを7回ほどくり返すと、やっとロープは全部切りとれた。

しばらく、海面で休む。そして、また潜る。今度は、左舷側のプロペラにからみついている漁網だ。こげ茶色のごつい漁網が、ぐるぐるとプロペラに巻きついている。ナイフを使って、それを切りとろうとして、すぐに、これは難しいとわかった。この状況で切りとるには、漁網が複雑にからみつき過ぎている。切りとるには、1時間以上かかるだろう。

そうしているうちにも、波が高くなってきているのがわかる。海中にいるわたしの体も、波の影響をうけはじめた。

これ以上の作業は無理だと、わたしは判断した。海面に上がる。スイミング・プラットフォームに手をかけた。野間が、手を貸してくれ、わたしは船に上がった。キャビンの中を見ると、佐々木は床でへたり込んでいる。やはり船酔いをしたのだろう。野間の彼女は、まだトイレに入っているようだ。野間が、わたしにタオルを渡してくれた。

「ありがとう」わたしは言った。タオルで顔と髪をざっと拭《ふ》く。そうしながら、フライブリッジに上がった。ヘルム・ステーションにあるマリンVHFをとった。30メートルほど離れて待機している山岡君に無線を入れた。彼は、すぐ無線に応答した。

「片肺で帰港するわ」と、わたし。

「了解しました。併走します」と山岡君。わたしは無線のマイクを置いた。

「片肺で帰る?」という声。野間が、そばにいた。わたしは、メーター類のチェックをしながら説明する。

右舷側《うげんがわ》のプロペラは、回すことができる。「だから、右のペラだけ回して走ります」わたしは言った。右側のプロペラだけを回せば、当然、推進力で船は左側に曲がろうとする。けれど、この手の船には、舵《ラダー》がついている。その舵を逆の右方向に切る。すると、左に曲がろうとする推進力が、右側に切った舵の作用で相殺《そうさい》されて、船はまっすぐに進むのだ。難しい操船だけれど、できないことはない。

「とにかく、やってみせるわよ」わたしは、そばにいる野間に言った。

右舷側のクラッチを前進に入れた。そして、エンジンの回転数を少し上げる。右側のプロペラだけが回り推進力で船を押すので、船は左に曲がろうとしはじめた。

わたしは、舵輪を右に切った。かなり思いきり右に切る。すると、船は、ほぼまっすぐに走りはじめた。

とはいうものの、波はさらに高くなっている。白波が大きくなりはじめている。わたしは、アクセルを開いたり閉じたり、舵をひんぱんに切りながら、なんとか船をハーバーに向ける。

10　君でなければダメなんだ

なんとか、ハーバーに帰港することができた。

ポンツーンには、ハーバー・スタッフが４人、待機してくれていた。片肺の航行は、小回りがききにくい。わたしは、ポンツーンに軽くぶつけてもかまわないつもりで操船した。ゆっくりと近づき、ポンツーンに触れそうになる船体を、スタッフたちが押さえてくれた。

わたしは、クラッチを中立にする。ほっと息を吐いた。

ポンツーンに舫《もや》った〈ＴＥＣ　１〉から、野間たちがおりてくる。若い佐々木は、顔面が蒼白《そうはく》になっている。足腰もふらついている。

野間の彼女は、もっとひどかった。もちろん、顔はまっ青。吐いているときに涙がひどく出たのだろう。マスカラが頬に黒々と流れてしまっている。ポンツーンにおりてからも、また両手をついて海に吐いている。もう吐くものはないらしく、ただウッウッとむせている。

野間が「大丈夫か？」と声をかける。彼女は四つんばいのまま、「ほっといて！」と叫んだ。

後片づけはスタッフにまかせ、わたしはロッカールームに向かった。

その3日後だった。夕方の4時半。野間がハーバーにやってきた。平日なので、いまから帰港する船もいない。ハーバーの業務も、そろそろ終わろうとしていた。野間は、わたしと向かい合う。

「やあ、この前は世話になったね」と言った。

「気にしないでください。ああいう事も、ハーバーとしての仕事なので」わたしは言った。野間は、しばらく無言でいた。やがて、思い切って、という感じで口を開いた。

「そうは言っても、あんなに大変な救助活動をやらせてしまったんだ。そのお返しと言ってはなんだけど、食事でもどうかなと思って……」野間は言った。自信なさそうな口調だった。

わたしは、しばらく考えていた。この野間に、ハーバー・マスターとして一つアドバイスしておかなければならないことがある。そのことを考えていた。何か飲み食いしながらというのは、いいかもしれない。

「わかりました。じゃ、晩ご飯にいきましょう。ただし、わたしの行きつけの店でよかったら」と言った。「あ、ああ……もちろん君にまかせるよ」と野間。

「お待たせ」わたしは言った。30分後。わたしはロッカールームで着がえてきた。といっても、たいして変わりはない。仕事中は、マリーナのロゴが入ったポロシャツに、下はジーンズ。汚れてもいいような仕事専用のジーンズだ。

着替えたいまは、自分のTシャツ、やや小ぎれいなジーンズに変わっただけだ。

わたしと野間は、オーナー用の駐車場に歩いていく。ヨットやボートが並んでいるハーバー・ヤードの東側に、船のオーナーのための駐車場がある。出入口にはゲートがあり、各オーナーが持っている専用のカードを使わなければゲートが開かないようになっている。

　平日の夕方なので、オーナー用駐車場はすいていた。ガランとした駐車場に大型の外車が駐《と》まっていた。どうやらアウディらしい。わたしたちが近づいていくと、運転席から若い男がおりてきた。後ろのドアを開けた。専属の運転手のようだ。

　野間とわたしは、車に乗り込もうとした。そのとき、駐車場のすみを歩いている男に、わたしは気づいた。スタッフの増田。ここのスタッフの中でも最年長の男だ。もしわたしが突然にハーバー・マスターにならなかったら、昇格してハーバー・マスターになるはずだったやつだ。日頃から、わたしに嫌味な態度を示している。

〈やなやつに見られたかな……〉わたしは胸の中でつぶやいた。けれど、やましいことがあるわけではない。知ったことか。わたしは、野間の車に乗り込んだ。

「ここでいいわ」わたしは言った。マリーナを出てほんの6、7分。居酒屋フジツボのそばだ。車は止まり、わたしと野間は車からおりる。野間は、運転手の若い男に、

「帰るときに携帯で呼ぶから、適当にやっていていいよ」と言った。運転手はうなずき、車は動き出した。

「運転手つきの車ね……」走り去る車を見送りながら、わたしはつぶやいた。「副社長の東から、自分で車を運転しないように言われてるんだ。危ないからって」と野間。わたしは吹き出した。「過保護な坊やみたいね」と言った。フジツボに歩いていく。

フジツボには、まだ〈準備中〉のプレートが出ていた。けど、かまわず、わたしは入口を開けた。とたん雄作が、

「おお夏佳、いいところにきた。ちょっと店番しててくれ。漁師の茂さんから、いいアジが獲《と》れたって電話がきたんだ。ちょっと、もらいにいってくる」

と言った。わたしの返事もきかず、店を出ていった。

「いまの人は？」と野間。「同じ葉山で育った幼なじみ。いまはここの店主。まあ、適当にやってましょう」わたしは言った。カウンターの中に入る。大皿に盛ってある茹《ゆ》でた枝豆を二人分の皿にとる。皿の1つを野間の前に置いた。生ビールを、大きめのグラスに注ぐ。その1つを、野間に渡した。「じゃ」と言って、わたしはグラスを上げた。

野間もわたしも、ビールに口をつけた。

「この前は本当に迷惑を……」と野間が口を開いた。わたしは、うなずく。「そのことで、一つ、アドバイスがあるんだけど、あの佐々木さんていう若い社員は、船を動かすのには向いていないと思う」わたしは言った。

　プロペラにロープなどがからんだのは、一種、運が悪かったといえる。そのため船が振動しはじめたのも、彼にとって初めての経験なんだろう。

「それは仕方ないとしても、彼は気が小さすぎる」わたしは言った。「海に出れば、何が起きるか、わからないわ。どんな緊急事態になっても、操船している人間は落ち着いていなけりゃダメ。自分がパニックになるようじゃ、船に乗っている全員を危険に晒《さら》すことになりかねない。その意味じゃ、彼は操船に向いていないと思う」わたしは、はっきりと言った。

「それじゃ、どうしたら……」と野間。

「別の見込みのありそうな社員にでも船舶免許をとらせるのね。その間、ハーバー・スタッフの誰かを同乗させてもいいわよ」

　わたしは言った。それは、ときどきあることだ。ボート・オーナーやヨット・オーナーが初心者の場合、ハーバーのスタッフがしばらく一緒に乗ってあげることを、ハーバーのサービスとしてやっている。

わたしがそんな話をしていると、出入口が開いた。雄作だった。〈トロ箱〉と呼ばれている白い発泡スチロールの箱をかかえている。

「茂さんが獲ったアジ？」わたしが訊《き》くと、雄作はうなずいた。

「アジのタタキ、どう？」と雄作。カウンターの中から野間に言った。わたしが彼を〈最近マリーナに船を置いたオーナー〉と紹介したところだった。

「アジのタタキ……あ、ああ……いいね」と野間。遠慮がちに言った。アジのタタキを食べた経験はあるんだろう。けど、どうやら、好物というのではなさそうだ。そんなことにはおかまいなし。

「オーケイ」と雄作。トロ箱からアジをつかみ出した。それを見たわたしは、「ああ、いい型《かた》」と言った。

よく釣り雑誌などに〈大物アジ〉とか〈ジャンボアジ〉とか書かれていることがあるけれど、相模湾やその周辺でいえば、あまり大きいアジは良くない。へたをすると釣り船が撒《ま》くコマセのオキアミを食べ過ぎてメタボになったやつがいる。そんなアジをさばいてみると、身がブヨブヨとしていて、とても食べられたものではない。

アジで刺身やタタキに向いているのは、20センチ前後のものだと、わたしたち地元の人間は知っている。いま雄作がつかみ出したアジは、そのサイズだった。しかも、まだ生きている。

雄作は、1匹のアジをまな板にのせた。す早くウロコをとる。まだ尾ビレをふるわせているアジの頭を、出刃包丁で切り落とした。

その瞬間、野間が目をそらした。表情も、こわばっている。わたしは、苦笑い。

「魚をさばくところを見たことないの？」と言った。野間は黙っている。ということは、当たりなのかもしれない。理系の大学を出たシステムエンジニアと思えば、あり得るかもしれない。

そんなことを考えているうちに、雄作が手早く仕事を終えた。アジののった皿を野間の前に置いた。

〈アジのタタキ〉といっても、アジが新鮮な場合はあまり叩《たた》いたりしない。早い話、アジの刺身をやや小ぶりの切り身にしたというところだ。ただ都会の人にとっては、〈アジのタタキ〉と言った方が通りがいいというだけだ。

細かめに切った刺身に、彩りとして刻んだ浅葱《あさつき》を散らしてある。すりおろしたショウガと醬油《しょうゆ》の小皿……。

野間は、箸《はし》を手にした。が、すぐさま箸をのばそうとはしない。少し、ためらっている。アジの頭を落としたさっきの場面がショッキングだったんだろう。

それでも、野間は箸を動かしはじめた。すりおろしたショウガを醬油にとく。そして、恐る恐るという感じで、アジの身を一切れ箸でとる。ショウガ醬油を少しつけ、ゆっくりと口に運んだ。わたしと雄作は、じっとその姿を見ていた。

そして5秒後……。野間の表情が変わった。

「おいしい……」と静かだけれど、はっきりとした声で言った。緊張していたわたしと雄作は、ふっと息を吐いた。

「これまで食べたアジのタタキとは、まるで違う……」と野間。早くも、二切れ目に箸をのばしている。アジ、サバ、イワシなどの青魚は、獲ってから何時間が過ぎたかで決定的に味が変わる。わたしたちにはそれが実感としてわかっているけれど、東京で生まれ育った野間にとっては、驚くような出来事なのだろう。アジに箸をのばしている野間を眺めながら、わたしは、そんなことを考えていた。

「あの、ハーバー・マスター」という声がした。4日後の遅い午後。ハーバーのポンツーン。ふり向くと、野間が一人で立っていた。

「この前はどうも」と野間。わたしは、「どういたしまして」と言い微笑した。

「あの、この前のこと、いろいろ考えてみたんだけど」と彼。「この前のこと？」と、わたし。

「そう。うちの社員の佐々木は操船に向いていないから、別の誰かに船舶免許をとらせるっていう話」

「ああ、その話ね」

「そのことなんだけど、僕自身がやってみようと思うんだ」野間は言った。わたしが何か言おうとする前に、「頼むから笑ったりしないでくれるかな、本気なんだから」とつけくわえた。

「別に笑いはしないけど、あなた、そんな時間やエネルギーの余裕あるの？」わたしは言った。

「時間はつくるものだと最近わかったよ。幸い、いまは部下のスタッフもふえたことだし、なんとかなると思う」と野間は言った。そして、さらに続ける。「ただし、これには1つだけ条件があるんだ」

「条件?……」わたしは、つぶやいた。彼は、小さくうなずいた。4、5秒、無言でいた。やがて、「……それは、君が直接、僕のコーチをしてくれること」と言った。「わたしが?」思わず訊き返していた。「なんでわたしなの? ほかにもスタッフはいるのに……」と言った。彼は、首を横に振った。「いや、君でなければダメなんだ」「でも、なぜ……」と、つぶやいた。

野間は、しばらく黙っていた。20秒、いや30秒は無言でいただろうか。言葉に出すのをためらっているようだった。やがて、決心したらしく、口を開いた。

「僕の33年間の人生で、君みたいな女性と初めて出会ったんだ」

11　ラスト・チャンスかもしれない

　人生の中で、わたしのような女と初めて出会った……。胸の中で、その言葉をプレイバックしていた。気持ちが少し混乱していた。

　それにはおかまいなく、野間は言葉を続ける。

「僕らが乗っていた船が遭難しそうになったとき、君がきて僕らを救ってくれた。あのときのことは、ショッキングだった……。いまでも現実に起こったとは信じられないほどだった。あんなことのできる女性がいるなんて……」と言った。

「それは、たまたま、わたしが女だったからで……」わたしは言った。

「それはそうだけど、現実に君は女性だ。そして、僕に必要な女性なんだ」

「必要？」思わず訊《き》き返すと、彼はうなずいた。

「僕はこれまで、スポーツらしいスポーツもやらずに大人になってしまった。ひたすらコンピューターといういわば限られた世界の中だけで生きてきた。けれど、海や船というものに触れてみて、何か、ドキドキするような気持ちを感じているんだ。どう言えばいいのか、よくわからないけど、自分が大きく変われそうな気がしている……。僕をそんな気持ちにさせてくれたのは君の存在なんだ」野間は言った。わたしは、腕組み。

「その気持ちって、わたしを一人の女として見てのこと？　それとも、頼りになるハーバー・マスターという意味で？」と訊いた。彼は、しばらく無言でいた。考えている。やがて、

「正直に言うよ。君を一人の女性として意識している気持ちの領域があって、ハーバー・マスターとして信頼している気持ちの領域があって、その2つが重なったところに、いまの僕はいるようだ」

と野間。わたしは腕組みしたまま、

「一人の女性として意識してるっていっても、あんなきれいな彼女がいるじゃない」

「ああ、彼女か……」と野間。「彼女が僕とつき合っている理由はお金さ。もっと正確に言うと、僕の経済的な余裕ということかな」と言った。

「……でも、男と女としての出会いは、ちゃんとあったんでしょう？」

「まあね。あれは、2年ぐらい前かな。うちの会社がPR用のイベントをやることになって、そのとき、モデル事務所から送り込まれてきたのが彼女だった。そのイベントが終わったあと、お礼もかねて食事に誘ったんだ。そこから……」

「つき合いが、はじまった？」

「そういうことかな。でも、彼女が僕とつき合っている理由は、いまも言ったように、経済的なことだよ」と野間。「僕だって子供じゃない。自分自身が女性にもてるタイプの男ではないことはわかってるよ。いまは少し興奮して話しているけど、もともと口べたな方だし、ルックスが特にいいわけでもない」

「それで、彼女にはお金を使った……いまも使っている？」わたしは言った。彼はうなずいた。

「彼女を連れていくのはいつも高級なフレンチやイタリアンの店。高級ブランドの服やバッグも、好きなだけ買ってやっている。あまり言いたくないけど、小遣いもときどきあげているよ」と野間。少し自嘲的《じちょうてき》に嗤《わら》った。「それが、彼女が僕とつき合っている理由のすべてさ」と言った。軽く、ため息をついた。

「そんなふうに、お金を使って彼女とつき合っている自分自身に、嫌気がさしはじめていたんだ。そこへ、君が現れた」

「まったく逆のタイプ？」わたしは、かすかに苦笑した。

「それは言えるだろうな。女性として、いや人間として、まったく対照的なんだ。彼女はパッケージ、つまり外見だけ。外見をきれいに飾り、愛想笑いをしてるだけだ。けれど、君はまるでちがう」と彼。「君は、まずお金では動かないだろう。しかも、並の男でも尻《しり》ごみするようなレスキューも冷静にやってしまう。自慢げな顔をするでもなく、ごく当然のように」

「誉《ほ》めてもらってるなら嬉《うれ》しいけど、それはわたしの仕事だもの。ハーバー・マスターが先頭に立って、たとえばレスキューのようなことにも立ち向かわなければ、スタッフたちがついてこないでしょう」とわたしは言った。

彼は、ゆっくりと、うなずいた。

「君は平然とそう言ってしまうけど、僕の人生の中で、君のような女性と出会ったことはなかった。だから、その……一人の女性として惹《ひ》かれているんだと思う」と彼。その頰が少し紅潮している。困ったな、と、わたしは思った。

「じゃ、もし、わたしに彼がいるとしたら？」と軽いジャブをかませてみた。彼はところどころ言葉につまりながらも、

「君みたいな魅力のある女性に彼がいるとしても当然だろう。僕だって、自分のことはわかってるつもりだ。何も、君の彼になりたいなんて思ってるわけじゃない。ただ、君と話したり、一緒に時間を過ごせれば満足なんだ。君みたいな女性が現実にいる、そのことを実感できれば、何か希望のようなものが持てる気がする」と言った。

「で、操船のコーチをわたしにやってほしいと……」

「そういうことなんだ」と野間。わたしは、しばらく考える。

「いますぐ返事をすることはできないわ。わたしは、ハーバー全体をみる立場だから、あなた個人のコーチをしていいかどうか、社長にも相談してみなきゃならないし……」と言った。彼は、うなずいた。「それはそうだろうね。じゃ、待ってるよ。いい返事を期待して……」と言った。ポンツーンから歩き去っていった。

「いろいろ大変だね」という声がした。

わたしは声のした方を見た。すぐ近くにヨット〈MALAGA〉が舫《もや》われている。オーナーの澤田荘一郎が、そのデッキにいた。いつも通り、くつろいだ感じで、黄昏《たそがれ》の一杯をやっていた。

荘一郎は、ずっとそこにいたのだろう。けれど、わたしは野間とこみ入った話をしていたので気づかなかった。わたしと野間の会話のかなりな部分は、荘一郎に聞こえてしまっていたようだ。わたしがそのことを言おうとすると、

「聞こうと思ってたわけじゃないんだが、自然に耳に入ってきてしまってね」と荘一郎は言った。「まあ、あんな面倒な話のあとだ。一杯やったらどうだ」

荘一郎は言いながら、かたわらにあるワインを眼でさした。蓋《ふた》を開けたクーラーボックスがあり、氷水につけた白ワインがあった。わたしは礼を言い〈MALAGA〉に乗り移った。荘一郎が、プラスチックのワイングラスにスペイン産の白を注いでくれた。

初夏の気持ちいい夕方だった。かすかな南西風がハーバーを渡っていく。ヨットは、

かすかに揺れている。近くの水面を小魚の群れが泳いでいく。ボラの幼魚だろう。わたしは、よく冷えた白ワインに口をつけた。

「いまの彼は、きわどい分かれ道にいるな」

荘一郎が、ぽつりと口を開いた。わたしは、荘一郎を見た。

「あのテック・ワンという船の進水式は私も離れたところから見ていた。この前、ペラにロープを巻いたトラブルのこともスタッフからきいたよ。オーナーの彼のことも、なんとなく耳に入ってきてた」と荘一郎。

「で、さっきのわたしとの話も、耳に入っていた」わたしが言い、荘一郎は小さくうなずいた。

「それで、彼がきわどい分かれ道にいる、というのは？」わたしは訊いた。荘一郎は、ワインをひと口。

「私は思うんだが、人間は大ざっぱに言って2つに分けられるような気がする。それは、金銭に関してだ」と荘一郎。「金があればほとんどのものは手に入ると考えている人間と、本当に大切なものは金では手に入らないと考える人間に分けられるのではないかな」と言った。わたしは、うなずいた。

「ちなみに、私の息子の浩一がわかりやすい。浩一は、わたしの後継《つ》ぎとして澤田貿易で仕事をはじめた。ところが、ワインに対する経験や熱意で私を追いこせないとわかると、人生の目的を変えた。会社の利益を上げること、つまり金を儲《もう》けることに専念しはじめた。同時に、生活が変わっていった。運転手つきのメルセデスに乗るようになり、高級なマンションに住み、ゴルフ場の会員権をいくつも買った。私から見れば、俗っぽい人間の典型だが、本人は、そっちに人生の舵《かじ》を切ってしまった」

と荘一郎。

「さて、話は、さっき君を口説いていたテック・ワンのオーナーだ。話の切れっぱしから想像すると、彼には美人の彼女がいるが、彼女は彼の経済力にひかれてつき合っている。そういうことだったね？」と荘一郎。わたしは、うなずいた。

「男が持っている金にひかれる女がいる、それは世間にいくらでもあることだ。……だが、ひとつだけ救いがあるとすれば、あの彼の心の中に、それを嫌悪する気持ちがあることだ。金を使うことで女にもてている自分を、恥じる思いがあることだ。いい意味での青さがあるというところかな……」

荘一郎は言った。わたしは、かすかにうなずいた。

「……だが、人間というやつは、それほど強いものじゃない。いや、弱いところの方が多い生き物だろう。まだ若さや潔癖《けっぺき》さが残っているうちは、金にものをいわせることを嫌《きら》うことも多い。しかし……いざ金を持ち、それを使うことで、さまざまなものが手に入るようになり、そういう生活が続いているうちに、しだいにそれに慣れてきてしまう。若い頃に持っていた潔癖さが心の中から消えていく。結局、金を持ってるやつが勝ちだと考える人間になってしまう」

と荘一郎。小皿に盛ったオリーブの実を1つ口に入れ、ワインを飲んだ。

「長い人生の中で、息子の浩一に限らず、私はそういう人間を山ほど見てきたよ」と言った。

「で……そういう人たちを反面教師にしてきた？」わたしは言った。荘一郎は、かすかに苦笑した。

「そうかもしれないな」と言った。わたしを見た。

「君は、孫の利行に、小説のタイトルを例に出していい話をしてくれたそうだね。ヘミングウェイの『持つと持たぬと』……。そのことを数日前に利行からきいたよ」と荘一郎。「持つことが悪いとは言わないが、持ったことでなり下がっていく人間はいる。特に金を持ったことで、一気に俗な人間になり下がる人間は多い」と言った。

わたしは、小さくうなずいた。雲のすき間から、たそがれの陽が射してきた。グラスのふちを光らせた。

「さて、問題は、あのテック・ワンのオーナーだ。彼はまだ若い。金を使って、若い美人を彼女にしている、そのことに、やましさを感じている。そして、君のような行動力があり、野性的な女性に惹《ひ》かれた」

と荘一郎。わたしは苦笑い。

「野性的って……わたしは、イリオモテヤマネコ？」と言った。荘一郎も苦笑い。

「ちょっと失言だったかもしれないが、山猫というのはいい。君を動物にたとえれば、山猫かもしれないな……。それはさておき、テック・ワンのオーナーだ。彼は、金にものを言わせて彼女をつくるような自分に、少なくとも嫌悪感のようなものを感じている。……しかし、そういう潔癖さが、いつまで保《たも》てるかが問題だ」

「いつまで保てるか……」

「そうだ。たとえば君が、彼を突き放した場合、彼はこう考えるかもしれない。ああ、自分はやっぱり金を使って女性とつき合うしかないんだとね……。そうなれば、彼のいく道は決まってしまうだろう。私が、きわどい分かれ道にいると言ったのは、そういうことだ。彼は確か三十代の前半。そろそろ、人生観のようなものがかたまりはじめる頃だ。なんでも金で解決できると考える人間になるか、ならないか……そういう岐路に立っているように、私には思えるんだが」

と荘一郎。ひと息つき、言葉を続ける。

「このマリーナに船を置き、君と出会うことがなければ、彼は金を使って彼女とつき合い続け、やがて、そのことになんの違和感も感じなくなるだろう。つまり、君と出会ったことは、彼にとって、まっとうな男になるためのラスト・チャンスかもしれない」

「……ということは、わたしに、彼を突き放すなと？」

わたしは言った。荘一郎は苦笑い。

「ハーバー・マスターに、そんな偉《えら》そうなことは言わないさ。ただ、自分の感想をつぶやいただけだよ」

「それにしても、ずいぶん彼のことを気にかけているのね……」

「まあ、彼は初心者とはいえ、同じマリーナに船を置く仲間だからね」

荘一郎は言った。ゆっくりと、グラスを口に運んだ。きょう最後の陽が、ほとんど真横から射している。短めに刈った荘一郎の白髪が、陽射しをうけて光っている。わたしは、空を見上げた。まだ昼間の明るさを残した空。2、3羽のカモメが風をうけて漂っている。ハーバーを渡る風が涼しくなりはじめていた。

12　その台詞はアンティック

「かまわない？」わたしは、思わず訊《き》き返していた。翌日の午後。マリーナの社長室だ。

〈TEC　1〉の野間。彼が船舶免許をとるためのコーチを、わたしに頼みたいという。その相談をするため、わたしは社長の角田のところにやってきた。ことのなりゆきを説明した。

「ということで、野間オーナーとしては、わたし個人にコーチをしてほしいと言ってるけど……」と言った。

きき終えた角田は、腕を組みしばらく考えていた。そして、

「かまわないよ。やってあげなさい」と言ったのだ。わたしは、思わず〈かまわな

い?〉と訊き返していた。角田は腕組みをとく。窓の方を見ながら、

「テック・ワンは、うちにとっても大事な新艇だ。オーナーの野間さんが、本気でボ
ートにのめり込んでくれれば、それはそれでいいことだ」と言った。

きょうは、ひさびさの雨だった。今年の梅雨《つゆ》は空《から》梅雨だという予報が出ていた。そ
の通り、雨の少ない日が続いている。きょうは、珍しく雨粒が社長室の窓を濡《ぬ》らして
いる。わたしも、濡れている窓ガラスを見る。

「それって、なんか、裏があるんじゃない?」わたしは言った。

「裏?」と角田。わたしは、うなずく。

「だって、わたしが彼の個人コーチをやれば、周囲のスタッフたちの話題になるし、
変な噂も立ちかねないじゃない。それがわかっていて、あえてやらそうというのは、
何か裏があるように思えるんだけど」わたしは言った。角田は苦笑い。

「君は、海に関して勘《かん》が鋭いだけじゃなくて、それ以外のことにも勘が鋭いなあ」と
角田。「確かに、わたしがそれをOKしたのには裏がある」と言った。

角田は、壁にかかっている写真の前に立った。荒れた海を撮った写真の大きなパネ

ルが、壁にかかっていた。台風が関東に接近したとき、葉山の沖で撮った写真だった。「海が荒れるのは困りものだが、ときにはいい点もある」と角田。写真を眺めたまま言った。「この台風のときのように海が荒れれば、ハーバー内の海水もめちゃくちゃにかき回され、底に積もったヘドロも流し去られていく。それは、いいことだ」

角田が言った。それをきいて、ピンときた。

「つまり、わたしに、その台風になれと……」と、つぶやいた。角田はふり向いた。

「その通り」と言った。言葉を続ける。

「君にここのハーバー・マスターをまかせると決めたとき、私の中にはひとつの考えがあった。それは君にも正直に話したが、年功序列《ねんこうじょれつ》がまかり通って、ことなかれ主義におちいっていたうちのスタッフたちにショックを与え、空気をガラリと入れかえることだ」と角田。

「君をハーバー・マスターにしたことで、ショックを与えることはできたと思うが、空気を入れかえるのは、まだまだ途中にすぎない。いまだに、古い体質のスタッフたちはいるからね」角田は言った。「本来ならハーバー・マスターになるはずだった増田がその筆頭だろうが、増田が影響をおよぼしているスタッフたちも何人かいると思える。私としては、それが誰なのかを把握《はあく》しておきたい。そのためには、君という台風が必要なんだ」

そうか……。わたしは、心の中でつぶやいた。

「だから、君には、どんどんスタッフの噂やゴシップになるようなことを起こしてもらいたい。そうしているうちに、増田の息がかかったスタッフが誰か、わかってくるだろう。本格的にマリーナを改革するためには、それが必要なんだ。君なら、わかってくれると思うんだが」

角田は言った。わたしは、雨に濡れる窓ガラスを見つめたまま、かすかに、うなずいた。


「そんなこと、できるのかい?」と野間が訊いた。「できるわよ」わたしは答えた。

水曜日の午後1時。葉山の沖。野間とわたしは〈TEC 1〉に乗っていた。週に2回の個人レッスン。それぞれ1時間半と決めてある。そんな個人レッスンも6回目になっていた。

過去5回のレッスンで、船を走らせる基本は彼に教えた。もともと、広い海の上でエンジンつきのボートを走らせること自体は、そう難しいことではない。

周囲にほかの船がいない海上を、そこそこのスピードで走らせるのは、誰にでもできる。中立《ニュートラル》になっているレバーを前に押していくと、ギアが前進に入る。船は、ゆっくりと動きはじめる。さらにレバーを押し込んでいくと、車のアクセルを踏み込んだのと同じで、船のスピードは上がりはじめる。

この船にはエンジンが二基装備されているので、レバーも2本ある。2本のレバーは、右手だけで握り込めるようにセットされている。つまり、右手だけで、2つのエンジンの回転を上げたり下げたりできるようになっている。

ステアリングは、基本的に車と同じだ。左に切れば船は左に曲がり、右に切れば右に曲がる。車に比べると、ステアリングを切りはじめてからの反応が少し遅いけれど、慣れれば、どうということはない。

野間は、最初、おっかなびっくりレバーを操作し、ステアリングを切っていた。けれど、5回のレッスンで、かなり慣れてきた。ほかの船がいない広い海上で、そこそこ船を走らせることはできるようになっていた。まずまず標準的な上達だろう。

問題は、これから先だ。ただ広い海を走り回るのは、操船技術のごく初歩にすぎない。まず、ハーバーを出たり入ったり、さらにポンツーンや岸壁に着岸したりする必要がある。もし落水者がでたら、どうする。そのあたりの細かい操船技術こそが本当に重要なことだ。

わたしはまず、エンジンが二基あるこの船ならではの操船法を野間に教えることにした。「じゃ、この場で船をくるりと回すからね」わたしは言った。

「そんなことできるのかい？」と彼。「できるわよ」わたしは答えた。

2本あるレバー。その片方を前進に入れ、もう片方を後進に入れた。右のプロペラは前進する方向に回り、左のプロペラは後進する方向に回りはじめる。すると船は、ゆっくりと回りはじめた。その場で、右回りに回りはじめた。〈その場での回頭〉といって、エンジン二基がけの船では基本的な技術だ。

それでも、野間はひどく驚いた表情で、回っている船を見ている……。

「こちら、テック・ワン。あと10分で帰港します」わたしは、マリンVHFでハーバーに連絡を入れた。「こちらハーバー、了解です。お気をつけて」と無線機から声が響いた。

わたしが船の舵《かじ》を握って、ハーバーに戻った。クレーンのところでは、もうスタッフが待機してくれていた。2つあるクレーンの右側、30トン・クレーン。U字形にたれた2本のベルトが、海中にまで下がっている。

わたしは、ゆっくりと船をクレーンに近づけていく。やがて、たれ下がった2本のベルトの中に、船は入っていく。わたしは、船のギアを後進に入れた。プロペラが逆転し、ゆっくり前進していた船が止まった。車のようなブレーキがついていない船は、こうして止めるのだ。

船が止まると、ベルトが上昇し、船を下からささえる。この時点で、わたしはエンジンを切った。スタッフが操作し、船はゆっくりとベルトで引き上げられていく。船が陸に上がったところで、わたしと野間はハーバー・ヤードにおりた。

コンクリートのハーバー・ヤードを歩きはじめたところで、携帯電話の着信音がきこえた。野間が、ポケットから携帯をとり出した。何か相手の話をきいている。「わかった、急いで戻るよ」と答えた。

「仕事？」と、わたし。「ああ、オフィスに戻らなきゃ。きょうもありがとう」野間は言った。早足で、オーナー駐車場に駐《と》まっている車に歩いていく。

言われなくても、彼が忙しいのはわかる。かなり無理して時間をつくり、ここへきているのもわかる。仕事は大丈夫なのだろうか……。わたしは、そんなことを考えながら、車に乗り込む野間の姿を見送っていた。すると、

「いいなあ、ハーバー・マスターさんよ」という声がした。

ふり向く。ボート・オーナーの1人、岩崎がいた。きょうは釣りに出たらしく、小物用の釣り竿《ざお》を持っている。クーラーボックスも肩にかけている。ゴム長を履《は》いている。

岩崎は、あの日、わたしに出艇を禁止された。文句を言っているうちに、海は大荒れになってきた。わたしが出艇を禁止しなければ、彼は遭難していたかもしれない。その後しばらくは、おとなしい顔をしていた。

けれど、基本的に、わたしのことを気に入っていないのがわかる。理由は単純で、わたしが女だからだろう。岩崎は、あまり大きくない建築会社を経営している。大きくないとはいえ、社長ではある。しかも強気な性格が顔に出ていた。そんな岩崎にとって、若い女に何かを指示されたりするのは、むかつくことなのだろう。最近では、ハーバー内でわたしとすれ違うと、わざと目をそらすようになった。

その岩崎は、少しにやにやした表情でわたしを見た。

「あんた、もうすぐ寿《ことぶき》退社だってな」と言った。「コトブキ退社?」わたしは、つい訊《き》き返していた。言葉が古すぎて、一瞬、意味がわからなかった。〈コトブキ……コトブキ……〉と頭の中でくりかえす。しばらくして、やっと理解できた。

「そう、女は結婚するのが一番。しかも、玉の輿《こし》じゃないか、あんなでかくて高級な船を持ってる社長とさ。うらやましいこった」岩崎は言った。いまスタッフたちが洗っている〈TEC　1〉を目でさした。

なるほど、そういうことか……。わたしは気づいた。わたしを良く思っていないスタッフの誰かが、この岩崎に、そんな噂話をしたのだろう。ありそうなことだ。まともに相手をしているのはバカバカしい。わたしは、岩崎にニコリと笑顔を見せた。

「うらやましかったら、大きくて立派な船に乗り替えるのはご自由よ。ハーバーとしても大歓迎」と言ってやった。岩崎が目をむいた。わたしは知らん顔。回れ右。歩き去った。

「寿退社かよ」と雄作。手を動かしながら苦笑した。「いくらなんでもアンティックな台詞《せりふ》だな」と言った。

夕方。居酒屋フジツボ。雄作は、カウンターの中で枝豆を切っていた。雄作が店で出している枝豆は、三浦《みうら》半島の農家から仕入れているものだ。枝についている枝豆のサヤを1つずつ、料理用のハサミで切っている。

わたしは、カウンター席についていた。生シラスとシソの葉をのせた冷ややっこを突《つつ》きながら、ビールを飲んでいた。

ゆっくりとビールを飲みながら、わたしは話していた。ここ1、2週間のことを話していた。最後に、岩崎のことを話した。雄作も〈寿退社は古すぎる〉と言って苦笑いをした。

「それにしても、くだらない噂をするやつもいるものね……」わたしは、ため息まじりに言った。

「まあ、大ぜいの中には、腐ったのもいるってことだな」と雄作。枝豆のサヤを1つ、手にとってみせた。そのサヤは、病気にやられたのか、紫色に変色していた。農薬を使わないその農家の枝豆では、こういうことがよくある。

「まあ、そういうことね」わたしは、つぶやいた。

「それにしても、そんな噂をたててるやつは、頭が悪いな」と雄作。わたしは彼を見た。「あの、野間っていうコンピューター屋さんは悪いやつじゃないが、お前さんが結婚を考えるような男じゃない」と言った。

「それって、野間さんって、わたしが男として認めるようなタイプじゃないってこと?」

「まあ、そういうこと」

「じゃ、どういう相手なら、わたしが男として認めるっていうのよ」わたしは言った。

「まあ、たとえていえば、おれみたいな男かな」

「雄作?」と、わたし。「そうさ。お前さんが女子大を退学して落ち込んでたとき、ひどく酔っぱらって、おれに〈今夜は帰らない〉って言ったの、覚えてないのか?」

雄作は言った。わたしは胸の中で〈え!?〉とつぶやいた。5、6秒かけて思い出してみる。やがて、

「嘘つけ!」と言った。手もとにあったおしぼりを丸める。カウンターの向こうの雄作に投げつけた。雄作は、笑いながら、おしぼりをひょいとよけた。

13　すれちがっていく二つの心

ピーッ。かん高い音が響いた。わたしは、船のアクセル・レバーを手前に引いた。

午後2時過ぎ。わたしと野間は〈TEC　1〉で海に出ていた。操船のレッスンをはじめて30分ほど過ぎたところだった。

鳴ったのは、オーバーヒートの警告ブザーだった。船のエンジンにとって、最も怖いのがオーバーヒートだ。そして、車に比べて複雑な仕組みになっている船のエンジンまわりでは、オーバーヒートは起きる確率が高い。

いま、操船席《ヘルム》で、オーバーヒートの警告ブザーが鳴った。赤い警告ランプも点滅している。

わたしは、水温計を見た。右舷《うげん》エンジンの水温が、かなり高くなっている。オーバーヒート寸前という温度まで上がってしまっている。

とりあえず、アクセル・レバーを戻した。車でいえばアイドリングの回転数まで下がった。わたしは五感を研《と》ぎすます。とりあえず、焦《こ》げくさい臭いはしない。エンジンも、むらなく回っている。

しばらくすると、ピーッという警告音はやんだ。が、警告ランプは、まだついている。

わたしは、水温計をじっと見た。水温は、少しずつ下がりはじめていた。けれど、まだ正常水温よりは高い。メーターをのぞき込んでいる野間に、わたしは状況を説明する。彼にとって、これから先、自分がこの船を操船することになったら、経験する状況かもしれないからだ。

水温が上がり、オーバーヒートの警告ブザーが鳴る場合、いくつかの原因が考えられる。その1は、冷却水系統のトラブル。船は、海水をとり込み、冷却水を冷やす。その冷却水が漏《も》れて不足した場合だ。

けれど、この船は、新艇だ。そういうメカニック的なトラブルはまだ発生しにくいはずだ。

そして原因その2は、とり込んだ海水の問題だ。船底にある吸水口から海水をとり込む。その海水は、〈海水フィルター〉という装置を通し、ゴミなどをとり去る。その後、冷却系統に回すのだけれど、日本の海はゴミだらけだ。海水フィルターに細かいゴミがつまってしまう場合は多い。

わたしは、水温計を見続けていた。相当に高かった水温は、ゆっくりと下がってきていた。冷却水は正常に回っているようだった。とりあえず、とり込んだ海水も回っているけれど、その水量が少ないようだ。ということは、海水フィルターがつまっている可能性が高い。

いずれにしても、ハーバーに戻って原因を調べる必要がある。わたしは、マリンVHFのマイクをとった。ハーバー事務所に無線を入れた。

「オーバーヒートぎみなので、ゆっくりと帰港するわ」

「了解しました。お気をつけて」

のやりとり。わたしは、船をほぼデッド・スローに近いゆっくりとした速度でハーバーに向けた。

約1時間後。ハーバーに帰港する。〈TEC 1〉を陸に上げた。すでにメカニックの谷原さんが待機している。

「海水フィルターのつまりが一番あやしいわね」と、わたしは谷原さんに言った。

船のまわりには、ハーバー・スタッフたちも6、7人いる。その中にいた増田が、

「船の上のお二人さんが熱々《あつあつ》なんで、オーバーヒートしたんじゃないっすか」と笑いながら言った。まわりにいたスタッフの何人かが、追従するようにヘラヘラと笑った。

そのときだった。

「おい増田君」

という声がした。澤田荘一郎が立っていた。長身に船名〈MALAGA〉のロゴを入れたヨットパーカーをはおっている。増田が、緊張した顔で荘一郎を見た。

「うちのヨットのハリヤード交換を頼んであったな。頼んで、もう10日もたってるぞ。そんなくだらないことを言ってる暇《ひま》があったら、さっさと仕事をしたらどうなんだ」

と言った。

「あ、もうしわけありませんでした」と増田。急に態度が変わった。荘一郎にぺこぺ

こと頭を下げる。荘一郎は、このマリーナでも最もベテランのオーナーだ。さらに、荘一郎のたたずまいからは、一種の威厳《いげん》が感じられる。

増田は、ひたすら荘一郎にあやまっている。荘一郎は、「じゃ」とだけ言う。自分のヨットの方へ歩いていく。

「さっきは、どうも」わたしは荘一郎に言った。30分後。舫《もや》われている〈MALAGA〉のデッキだ。

「ああ、増田のことか。あいつは、口ばかりで、本当にダメなやつだ。たまには灸《きゅう》をすえてやらんとな」荘一郎は言った。

「でも、とりあえず、気持ちよかった。感謝、感謝」わたしは言った。ワイングラスを手にした荘一郎は、ちょっと苦笑い。

「そういえば、ちょっと相談したいことがあるんだが」と言った。「なんでもどうぞ」と、わたし。きけば、孫の利行が泳げないのだという。まったくのカナヅチらしい。

「ヨットマンが泳げないのじゃ、いざというときに困るだろう。そこで、利行を夏休みに水泳教室に通わせたいんだが、どこか、いい教室がないかな。できれば家のある鎌倉の大町からあまり遠くないところで……」荘一郎は言った。わたしは数秒考え、心当たりがあると答えた。

「ちょっと待ってて。当たってみるから」と言った。

もう4、5年前のことになる。逗子海岸でライフセーバーをやっていた田口《たぐち》さんという男性がいる。当時、逗子のライフセーバーのキャプテン的な存在だった。同じ海岸でヨットスクールの仕事をしていたわたしとは、ごく自然に親しくなった。

その田口さんが、スイミング・スクールのチーフとして仕事をはじめた。その話をきいたのは、2年ほど前だった。由比ヶ浜《ゆいがはま》にあるスイミング・スクールだという。

由比ヶ浜なら、荘一郎の家と同じ鎌倉だ。おまけに、田口さんは子供に優しい人だった。わたしは、その日の仕事が終わると、さっそく連絡をとってみた。

「よお、ひさしぶり」と田口さん。わたしの顔を見ると、「あい変わらず、センベイみたいによく灼《や》けてるなあ」と言った。

「センベイは、ひどくない？」笑いながら、わたしは言った。

　荘一郎から話をきいた2日後。仕事は休みだった。わたしは、由比ヶ浜にあるスイミング・スクールにやってきていた。海岸から500メートルほど入ったところ。住宅街の中にスクールはあった。木立ちに囲まれて、洒落《しゃれ》た建物があり、それが目的のスイミング・スクールだった。田口さんとわたしは、ロビーで、うちとけた話をはじめた。わたしは、知人が高校2年生の男の子をスクールに入れたいと思っていることを伝えた。

「高校2年生、まあジュニアだな。きょうもやってるよ。そろそろ終わるんじゃないか？」と田口さん。壁の時計を見た。そろそろ4時を過ぎようとしていた。田口さんは、ロビーにいるスタッフに声をかける。

「小田切《おだぎり》さんに、終わったらロビーにきてくれるように言ってくれる」と言った。

　15分ほど田口さんと話していると、1人の女性がこっちに歩いてきた。すらりと背が高く、髪は後ろで1つに束ねている。スイミング・スクールのロゴが入ったジャージを身につけている。田口さんが、「彼女が、ジュニアを担当しているインストラクターの小田切さん」と言い、わたしと彼女は向かい合った。わたしより先に、彼女が気づいた。

「あ……」と言い、わたしを見ている。10秒ほどして、わたしも気づいた。小田切といういうインストラクターは、あの野間の彼女だった。

「驚いたわ……」わたしは、ジン・トニックのグラスを前にして、つぶやいた。彼女、小田切ミキは、「わたしの方こそ、驚いた……」と言った。

午後5時過ぎ。わたしとミキは、由比ヶ浜に面したカフェにいた。国道134号に面したカフェ。その二階にいた。わたしはジン・トニックをオーダーし、ミキはジンジャエールをオーダーした。

仕事を終えたミキは、自分の服に着替えていた。ホワイトジーンズ、上は横縞《ボーダー》のTシャツ。カジュアルなスタイルだ。髪はあい変わらず後ろで1つに束ねている。メイクは、ほとんどしていない。薄い色の口紅をつけているだけだ。背の高さと整った顔立ちに気づかなければ、野間の彼女とは、わからなかっただろう。

「スイミング・スクールの仕事は、いつから?」わたしは訊《き》いた。

「体育大学を卒業して、すぐにはじめたわ」と彼女。ゆっくりと話しはじめた。

彼女は、岡山県の出身だという。子供の頃から水泳が得意で、中学生のときは県の大会で優勝したこともあると言った。その背の高さとプロポーションは、水泳によって、もたらされたものらしい。

やがて高校を卒業。東京に憧《あこが》れていた彼女は、東京郊外にある体育大学に進んだという。得意の水泳は、ずっと続けていたらしい。

「といっても、競泳の選手として活躍するほどの実力はなかったから、将来は水泳のインストラクターになろうと考えていたわ」と彼女。大学でも、その方面の勉強をしてきたという。

体育大を卒業すると同時に、代々木《よよぎ》にあるスイミング・スクールで、インストラクターとして仕事をはじめたと言った。

インストラクター生活が2年目に入ったとき、ある出来事が起きた。彼女が仕事をしていた代々木のプールで、芸能人の水泳大会のテレビ収録がおこなわれることになったという。男女のアイドルたちが、プールでいろいろなゲームをする番組だったらしい。

アイドルが溺《おぼ》れたりするとまずいので、彼女たちインストラクターも、プールで待機をしていたという。そんな番組の収録中、彼女は一人の男性から声をかけられた。

彼は、タレントやモデルをかかえた事務所の人間だったという。自分の事務所のタレントが水泳大会に出ているので、プールにきていたらしい。

彼は、モデルの仕事をやってみる気はないかと彼女に言った。そして、名刺を渡したという。

「モデルなんて考えたこともなかったけど、いちおう名刺をもらったことだし……」と彼女。青山にあるその事務所を訪れてみたという。そこは、ちゃんとした事務所らしかった。そして、〈君ならモデルとしてやっていける〉と言われたという。

「わたしもまだ若かったし、そういう仕事に好奇心をそそられたのは確かだった」と言った。ジンジャエールをひとくち。

結局、彼女はモデルとしてその事務所に所属したという。

「インストラクターの仕事との両立は？」わたしは訊いた。彼女は苦笑い。「両立は難しくなかったわ。両立ができなくなるほど、モデルの仕事がこなかったの」と言った。正直で飾りけのない口調だった。

彼女はプロポーションもよく顔立ちが整っている。けれど、カメラの前でポーズをつけたり明るい笑顔をつくったりするのが下手《へた》だったようだ。「水泳以外は不器用なのね」と彼女はまた苦笑いした。

それでも、はじめは雑誌やポスターの仕事がぽつぽつときていた。それも、すぐにこなくなったという。かわりにときどきくるのは、新車の発表会や、何かの展示会などの仕事だったらしい。

「車のわきに立ったり、新しいコピー機のわきに立ったりして、愛想笑いをしていればいいから、それなら不器用なわたしにもできたわ」と彼女は言った。「あるときは、沖縄県の物産展の仕事がきて……ほら、沖縄って豚が名産品じゃない？　だから、頭の上に、つくりものの豚の耳をつけて愛想笑いをしてたわ」と彼女。ホロ苦く笑った。

そんな仕事も減りはじめた頃、野間の会社〈ＴＥＣ　１〉の仕事がきたという。新しいコンピューター・ソフトの発表会。その発表会で彼女はコンパニオンの仕事をした。

「そのあと、社長の野間さんや副社長の東さんから食事に誘われて……」

「そこから、つき合いがはじまった」わたしが言い、彼女はうなずいた。「彼が持っている、なんていうか少年みたいにピュアな部分が好ましかったわ」と言った。

「野間さんは、あなたが、インストラクターの仕事をしていることを知ってるの？」

わたしは、ずばりと訊いた。彼女は首を横に振った。

「野間さんは、モデルという華やかな仕事をしているわたしを好きなんだと思う。つねに流行のものを身につけていて、周囲の目をひく、そんなわたしを好きなんだと思う」と彼女。また苦笑い。「本当のわたしは、保土ヶ谷《ほどがや》にあるマンションともアパートともつかない部屋に住んでて、お好み焼きが大好物の水泳インストラクターなのにね」と言った。

わたしは一杯目のジン・トニックを飲み干していた。二杯目をオーダーした。

「で、最近、野間さんとは？」と訊いた。

「デートに誘われることも減ったわ。ほら、船が遭難しかかって、わたしがひどい船酔いをしたあの頃あたりから」と彼女。「野間さんとの距離がはなれていくのは残念だけど、ほっとしている部分もあるわ。華やかなモデルを演じていることに、疲れてきたところだし」と言った。ジンジャエールをストローですすった。

「水泳のインストラクターでやっていけるし、自分には、そういう生活が向いてると思うし……」彼女は言った。心から出た言葉だと思えた。

わたしは、視線を窓ガラスの外に移した。夕陽は雲にかくれ、あたりは、たそがれの薄暗さに包まれていた。国道134号を、ひっきりなしに車が走っている。スモールライトをつけた車が、2車線の道路をすれちがっている。わたしは、眼を細め、たそがれの134号を見ていた。

東向きと西向きに、すれちがっていく車たち。それは、野間と、目の前にいるミキを連想させた。そう、野間とミキの二人は、すれちがっていこうとしているのだ。ちょっとした誤解のために……。

野間は、ミキを誤解している。彼女が自分の金を目当てにつき合っていると誤解している。その結果、彼女から離れていこうとしている。

ミキもまた、野間を誤解している。野間が華やかなモデルとしての自分を好んでつき合っていると誤解している。確かに、最初は、彼女の持っている華やかな美しさが、野間にはまぶしかったかもしれない。けれど、彼が好意を持つ女性の本質的な姿は、それではないとわたしは感じていた。

そのような、ちょっとした誤解から、二人の距離ははなれていき、やがて過去のものになってしまうのだろうか。なんとか、この二人の誤解をとくことはできないのだろうか……。わたしは、眼を細め、たそがれの134号を眺めながら、ふと、そんなことを考えていた。

　１３４号が、少し渋滞しはじめていた。つながっている車の赤いテールライトが、ルビーのネックレスのようにも見えていた。

14 疑惑

「あ、ハーバー・マスター」という声がした。ふり向く。ボート・オーナーの川端《かわばた》と三島《みしま》が立っていた。土曜の午後3時過ぎ。ハーバー・ヤードの片隅だった。

川端と三島、この2人が一緒にいるということで、わたしにはピンときた。釣り大会の話なのだろう。

このマリーナには、〈クラブ・マーメイド〉という釣り仲間のクラブがある。ボート・オーナーが60名ほど、釣り好きのヨット・オーナーも4、5人は会員になっている。基本的に、オーナーたちが自主的に運営している。年に何回か、釣り大会をやっている。

その〈クラブ・マーメイド〉の会長が川端で、副会長が三島だ。有名作家、川端康成と三島由紀夫を連想させる苗字《みようじ》から、川端会長と三島副会長は、〈文豪コンビ〉とも呼ばれているらしい。

川端は、横須賀《よこすか》にある総合病院の外科部長。かなり長い間、会長、副会長をやっている。いま61歳。白いものがまざった髪を、きっちりと分けている。いつも、身だしなみがいい。温厚な性格が顔に出ている。こういうクラブの会長には適しているだろう。

三島はもともと弁護士で、横浜で法律事務所をやっている。55歳。仕事柄か、いろいろなアイデアを出す役目のようだ。

この2人が揃っているということは……。

「あ、そろそろキス釣り大会ですね」わたしは言った。2人は、うなずいた。毎年、夏休みに入って2週間目の日曜日。〈クラブ・マーメイド〉では、白ギス釣り大会をやっている。そのことを思い出していた。

「今年は、何艇《なんてい》がエントリーしてるんですか?」わたしは訊《き》いた。「ええと、45艇ぐらいかな」と副会長の三島。わたしはうなずき、「盛大ですね」と言った。

白ギス釣りは、基本的に手軽な釣りだ。夏場は、水深5メートルから10メートルぐらいのところでも釣れる。子供や女性でも釣れる。

そんなことから、このマリーナの連中もよくキス釣りをやっている。〈クラブ・マーメイド〉の釣り大会でも、最も参加艇が多い大会のようだ。

「ということで、今回もマリーナさんに協力をお願いしたいんだよ」と会長の川端が言った。「承知しました」と、わたしは答えた。

こういう釣り大会の場合、優勝カップや入賞者への楯《たて》などは〈クラブ・マーメイド〉の方で用意することになっている。表彰パーティーの準備なども、クラブの方でやる。

そして、入賞者への副賞は、マリーナが提供する習慣になっていた。副賞は、だいたい船の上で着るウェアだった。Tシャツ、ポロシャツ、ヨットパーカー、レインウエアなどだ。マリーナ内の店に入っているヘリーハンセンなどのメーカーからマリーナが買いつけて、入賞の副賞にしている。

「副賞は、去年と同じ数用意すれば大丈夫ですか?」わたしは訊いた。「そうだね。総合優勝から上位6位まで。それと、特別賞として、レディース賞、ジュニア賞、それに残念賞として最下位の船への賞品というところかな」と三島が言った。

わたしはうなずき「了解しました。さっそく準備しますね」と言った。「で、今年はどこの船が総合優勝の候補ですか?」と訊いた。2人は、顔を見合わせる。

「やはり、八木沢《やぎさわ》さんのヴィクトリーかな……」と三島が言い、川端もうなずいた。

「去年の大会も、八木沢さんのヴィクトリーが優勝したんじゃ……」わたしが言うと、2人はうなずいた。「この4年、キス釣り大会は、ずっと八木沢さんが優勝してるよ」と三島が言った。

わたしが、ここのハーバー・マスターになったのは、一昨年《おととし》の9月。去年の8月、初めてこのマリーナのキス釣り大会を手伝った。そのときは、八木沢というオーナーの〈VICTORY Ⅲ〉が優勝したのを覚えている。けれど、4年も連続して優勝していたとは……。

「八木沢さん、よほど釣りが上手《うま》いんですね」わたしが言うと、2人は無言でうなずいた。

その20分後だった。ハーバー・ヤードを歩いていると、三島から声をかけられた。彼の船〈ISLAND《アイランド》〉が置かれているところだった。彼は、船のデッキから声をかけてきた。

わたしは立ち止まる。三島は、船のデッキからハーバー・ヤードにおりてきた。いましがた、デッキの上で釣り道具の手入れでもしていたようだ。

「さっきは、どうも」と三島。「釣り大会の副賞なら、まかせておいてくださいね」

わたしは言った。

「ああ、その件なんだけど……」と三島。何かを言おうかどうか、迷っている。しばらくすると、口を開いた。

「八木沢さんのことなんだけど……」と言った。「ああ、4年連続優勝の」わたしが言うと、彼はうなずいた。周囲を見回す。近くに誰もいないのを確かめている。少し、声をひそめる。

「これは、とりあえずハーバー・マスターの君の胸だけにおさめておいて欲しいんだが」と三島。「わかりました。守秘義務ってやつですね」わたしは言った。弁護士である三島のために、そんな言葉を使ってあげた。三島は苦笑い。

「まあ、それほどのことじゃないが、八木沢さんが、4年連続で総合優勝していることは、少し不自然だと思わないか？　たとえ釣りの腕がよかったとしても」

三島は言った。わたしは、すぐにうなずいていた。わたしも、そのことをきいたとき、意外に感じていたからだ。

ここのキス釣り大会の順位は、釣ってきた白ギス3匹の総重量で決める。各艇は、自分たちが釣ったキスの中から、大きいと思える3匹を、検量に持ち込む。その１匹ずつをキッチン用のハカリに載《の》せ重さを測る。そして3匹の重さを合計したものが、その船の成績になる。

わたしも、地元っ子だから、白ギス釣りはよくやった。ハリにかかるキスには、小さいのもあれば、中ぐらい、大きいものもある。けれど、大きいといっても、もともと小型魚の白ギスだから限りがある。

しかも、釣り大会で参加艇がいくポイントは、葉山沖、逗子沖だ。同じ日、同じようなポイントで釣っていれば、釣れるキスの大きさには、あまり差が出ないものだ。

事実、去年の大会もそうだった。各艇が検量に持ち込んだキスの中で、大きいものといっても、せいぜい２００グラムをこえるぐらいだ。２００グラムから２３０グラムぐらいだろうか。

問題は、そういう〈２００グラムごえ〉のキスを3匹そろえられるかどうかだ。

それが難しい。〈200グラムごえ〉が2匹釣れたとしても、3匹目は170グラムだったりする。

「だから、白ギス釣り大会は、たいてい、接戦になるんだ。10グラム単位の差で、順位が変わってしまうのが、普通だ。けれど、八木沢さんの船は、200グラムごえを3匹そろえてくる」と三島。「それも1年だけならまだしも、4年も連続となると、不思議に思えて当然じゃないか？」と言った。

「確かに」と、わたし。

「クラブの会員の中には、その疑問を口にする人も、ではじめていてね」

「八木沢さんが、何かインチキをやっていると？」わたしは言った。「はっきりそうは言わないが、それに近いことを噂している人も最近はいるんだ」三島が言った。

「インチキと言っても、魚に重《おも》りを呑《の》ませることはできないし……」わたしは言った。

その昔、キス釣り大会で勝つために、釣ったキスの胃に釣り用の重りを押し込み、重さをました人もいるという。このマリーナの大会でも、過去にあったらしい。

現在、各艇が検量に持ち込んだ3匹は、さばかれ、天プラにされ、表彰パーティーに出される。それは、キスに重りを呑ませることを防止していたことの名残りだという。

わたしは、心の中で苦笑していた。そうまでして優勝したいのが釣り師根性というものなのだろうか。10グラム単位の争いをするキス釣り大会に、そこまで入れこめるとは……。

そう思いながらも、同時に、そうなのかもしれないと思ってもいた。去年のキス釣り大会の様子を覚えているからだ。各艇が3匹のキスを検量に持ってくる。1匹ずつ、キッチン用のハカリに載せる。審査員をやっている会員が、その重さを1グラム単位まで読み上げる。

そのたびに、とり囲んでいる会員たちから歓声が上がったり、ため息をつく人がいたり、〈やられた!〉などという声も上がったりする。みな、真剣そのものだ。

考えてみれば、そこまで子供のように真剣になれるのが、海に出て釣りをすることの良さだとも言えるのだけれど……。

「とにかく、今年も八木沢さんが優勝するようなことになったら、彼に対する疑惑《ぎわく》の声が上がるのは確かだと思う。クラブとしても、それはさけたい。なんとか、いい方向にもっていけないものだろうか」

三島は言った。

「わかった。考えてみるわ」わたしは三島に言った。けれど、何かいいアイデアを思いついたわけではない。これから考えなければ……。

わたしは、事務所に入っていった。ファイルが並んでいる中から、八木沢の船〈VICTORY Ⅲ〉のものをとり出した。

八木沢は、青果会社を経営している。野菜と果物をあつかっている〈グリーンK〉という店舗を神奈川県内で21店舗、展開している。〈グリーンK〉の噂は、きいたことがある。とにかく野菜や果物が安いのだという。特売日には、開店前から100人ぐらいが店の前に列をつくるらしい。

八木沢が経営する〈グリーンK〉の〈K〉は、カナガワの頭文字〈K〉ということらしい。1号店は、茅ヶ崎《ちがさき》にオープンし、その後、毎年のように新しい店舗を神奈川県内に開店している。そして、現在は21店舗。大量仕入れによる低価格で、大手スーパーに対抗しているようだ。社長である八木沢は、茅ヶ崎の出身。もともと家業が青果店だったという。現在44歳。

彼がこのマリーナに船を置いたのは、6年前。21フィートの〈VICTORY〉だ。2年後には、23フィートの〈VICTORY Ⅱ〉に乗りかえている。さらに2年後には、27フィートの〈VICTORY Ⅲ〉に乗りかえている。どうやらチェーン店の事業は順調らしい。

茅ヶ崎出身ということで、海釣りは好きらしく、年間の出艇回数は、多い方だ。いつも、社員らしい若い男たちを乗せている。ハーバーのキス釣り大会に出場しはじめたのは4年前からだ。初めての年から優勝し続けている。

わかっているのは、そのぐらいのことだ。なぜキス釣りが上手《うま》いのかは、謎のままだ。

「じゃ、メンズのMが6枚、Lも6枚でいいですね」とウェア・メーカーの担当者。わたしは、リストを手にうなずいた。「よろしくね」と言った。

月曜日。午後4時。ハーバー・ヤードにあるシーマンズ・ルーム。わたしは、マリン・ウェアをマリーナに納品している会社の担当者と話していた。キス釣り大会の副賞として提供するウェアの注文をしていた。15分ほどで、注文は終わった。担当者は帰っていく。わたしは、シーマンズ・ルームを出て、ハーバー・ヤードに。そこで、「ハーバー・マスター」と声をかけられた。〈VICTORY Ⅲ〉のオーナー、八木沢が歩いてくるところだった。

15　かつて、甲子園をめざした

　八木沢は、いまさっき海から上がったところらしい。手に釣り竿《ざお》を持ち、ゴム長を履いている。歩き去っていくウェア・メーカーの担当者を見ている。訊《き》かれる前に、「キス釣り大会の副賞を注文していたところです」わたしは言った。八木沢は、微笑しながら、うなずいた。彼は、大柄な男だった。身長は175センチぐらいだろう。筋肉質の体つき。髪は短く刈っている。もちろん、よく陽灼《や》けしている。

　社員らしい若い男が、缶コーヒーを八木沢に渡した。ハーバー・ヤードにある自販機で買ってきたらしい。「おう」と八木沢。それをうけとる。「ほら、船洗いしとけよ」と八木沢が言った。社員は「はい」と言う。船台に載せた〈VICTORY

Ⅲ〉の方に小走りでいく。

八木沢は、わたしを見た。「今年の優勝副賞は何かな?」と訊いた。

「それはまだ内緒《ないしょ》です」と、わたし。「今年も優勝する予定ですか?」と訊いてみた。八木沢は微笑し、「そうしたいものだな」と言った。シーマンズ・ルームの外に並べてあるイスの1つに腰かけた。缶コーヒーのプルトップを開けた。口をつけた。しばらく、宙を眺めていた。やがて、

「たかがキス釣り大会の優勝にそこまで執着するのかと思うかもしれないが、私は、勝つことにこだわりがあってね」と言った。わたしは、近くに立ったまま、八木沢を見た。彼は、しばらく缶コーヒーを飲んでいる。やがて、

「私は、高校生の頃、野球をやっていてね」と口を開いた。「野球選手?」と、わたし。八木沢は、うなずいた。「当時、神奈川県内じゃ、ちょっとは知られたピッチャーだったよ」と言った。

それをきいて、わたしは心の中でうなずいていた。大柄で、いまも筋肉質な体格の理由がわかったと思った。缶コーヒーを飲みながら、八木沢は話を続ける。

「あれは、高3のときだった。うちは夏の大会への予選を勝ち抜いていた。あと1勝

すれば、甲子園《こうしえん》にいけるところまで勝ち抜いていたんだ。つまり、神奈川県大会の決勝までいったよ」

と八木沢。わたしは、黙って彼に喋らせていた。

「もし神奈川県大会に勝って甲子園にいければ、うちの学校としては15年ぶりのことなんで、まわりは大騒ぎだった。特に、いちおうエースだった私には、周囲からの期待もかかったし、応援もすごかった。歩いていても、近所の大人たちから、〈がんばれよ〉という声がかかったものだ」

と彼。「けれど……」と、つぶやいた。

「けれど、県大会の決勝では敗れた」わたしは言った。彼は、うなずいた。「私は、9回を投げきった。が、試合は3対2で敗れたよ」と言った。少し苦く笑った。

「敗れてしばらくは、周囲のみんなが〈残念だったね〉と言ってくれた。けれど、10日も過ぎると、それも減っていき、私はただの高校生になってしまった……。テレビでその夏の甲子園を見ながら、思ったよ。もしかしたら、自分もあそこに立っていたかもしれない、地元の人たちの声援をうけて、あのマウンドに立っていたのかもしれないと思った。たとえ途中で敗退しても、〈甲子園にいったピッチャー〉として、周囲の人の記憶に残る。けれど、現実は厳しく冷たいよ。いまの私は、ただ県大会の決勝までいった選手の一人にすぎない。そのとき、痛切に感じたよ。勝負は、勝たなければダメなんだと、嫌というほど思い知らされたな」

八木沢は、あい変わらず苦く笑いながら言った。わたしは、かすかにうなずいた。彼のバック・ページ、つまり生きてきた背景の一部が垣間見えたと思った。

「事業の方も、そういう心がまえで？」と訊いてみた。八木沢は、うなずいた。

「私の家は、ごく普通の青果店だった。が、かなり以前から、大手スーパーの方に客はいってしまうことが増えていたよ。このままだと負けてしまう、うちの店は潰《つぶ》れてしまう、そんな状況だった。親父《おやじ》は、そのことをひどく心配して体調を崩した。もともとあった心臓疾患を悪化させ、58歳で死んでしまった。そんな親父の姿を見ていた私は、腹をくくったよ。大手スーパーに負けるのは絶対に嫌だとね。そこで、輸入物を中心に、低価格で勝負する〈グリーンK〉という店舗を展開する決心をし、実現した」と言った。「賭《か》けの部分もあったが、狙いは当たったよ」

「なるほど。賭けに勝ったわけですね……」わたしは、つぶやいた。「そして、たとえ釣り大会でも勝つことにこだわるわけなんですね」

「まあ、そうだな。たとえどんなことでも、勝負には勝ち続けたいんだ」と八木沢。「今年の優勝副賞も、期待してるよ」と、わたしに言った。イスから立ち上がる。社員2人が洗っている〈VICTORY Ⅲ〉の方に歩きはじめた。わたしは、船尾に描かれた〈VICTORY〉の文字をじっと見ていた。ヴィクトリー。……勝利……。

「どう思う？」わたしは、ビールのグラスを手に雄作に言った。居酒屋フジツボ。夜の6時半。カウンターの中で、雄作はサバの味噌煮《みそに》をつくっていた。それは、店で出すものでもあり、本人の今夜のおかずでもあるらしい。

わたしは、ゆっくりとビールを飲んでいた。飲みながら、雄作に話した。キス釣り大会のこと。そして、八木沢のことを話した。雄作は、手を動かしながら話をきいている。やがて、話し終わった。

「キス釣りの大会で、4年連続優勝ってのは、確かに珍しいな」と雄作。「キスってのは、狙って大物が釣れる魚じゃないしな」と言った。

「しかも、キスに重りを呑《の》ませるって裏技は使えないのよ」わたしが言い、雄作はうなずいた。「そのオーナーに、よほどのツキがあるとしか考えられないな」と言った。

そのときだった。店の電話が鳴った。雄作が、コードレスフォンをとる。話しはじめた。〈明日ですか〉〈マゴチですね〉などと話している。やがて電話を切った。「予約?」わたしは訊いた。「ほら、一色《いっしき》に別荘持ってる榊原《さかきばら》さんているだろう」雄作が言った。「ああ、銀行の役員をやってる人ね」と、わたし。榊原さんは、お祖父《じい》さんの代から葉山に別荘を持っている。なぜか、最近はこの雄作の店を気に入っているようだ。

「明日、うちにくるから、マゴチを用意できないかっていう電話さ」と雄作。「漁師の茂さんに相談してみるしかないな」と言った。電話のボタンをプッシュしている。

マゴチは、東京の鮮魚店に並ぶことが少ない魚だろう。上品な白身の魚だ。薄くそぎ切りにし、氷水に入れて身をしめる、いわゆる〈洗い〉は、やみつきになる味だ。〈照りゴチ〉という言葉があるように、暑い夏に旬《しゅん》をむかえる魚でもある。昔から葉山にきている榊原さんは、その美味《おい》しさを知っているのだ。

雄作が、電話で茂さんと話している。〈そう、マゴチ、なんとかならないかな〉と相談している。わたしは、そのやりとりを、きくともなしにきいていた。

そうしているうちに、あることが脳裏にひらめいた。もしかしたら……。ありえるかもしれない……。胸の中で、その言葉をくり返していた。

「ちょっと、まかせるわ」わたしは、ハーバー・スタッフの山岡君に言った。ハーバー・ヤードの隅《すみ》に置いてある自転車にまたがった。ハーバー・ヤードから出ていく。自転車で4、5分走る。なじみの漁港に着いた。中型・小型の漁船が、15艘《そう》ほど舫《もや》われている。

いまは、午後の3時過ぎ。夜明けから海に出ていた漁船は、とっくに帰ってきている。獲《と》った魚は、もう漁協や仲買いに渡している時間だ。港の中に、人影は少ない。海面に、午後の陽射しが照り返している。漁師が捨てた小魚が海面に浮かんでいると、目ざといカモメが降下してきて、それをくわえて、また飛び上がっていく。

岸壁を、わたしは歩いていく。〈第十二昭栄丸〉という小型漁船に近づいていった。昭栄丸の船上では、漁師さんの茂さんが道具の片づけをやっていた。茂さんは、この漁港でもベテランといえる漁師だ。いま50歳ぐらいだろう。サーファーズ・ブランド〈STRONG《ストロング》 CURRENT《カレント》〉のTシャツを着て、手を動かしている。茂さんの趣味はサーフィンだ。漁のない日は、ロングボードで波に乗っている。

わたしの顔を見ると、「よお、夏佳」と言った。「頼まれたマゴチなら、うまく獲れたんで、さっき雄作に渡しといたぜ」

わたしは、うなずいた。「そのことじゃなくて、別件なんだけど」と言った。「別件？」と茂さん。わたしは、話しはじめた。

最近、白ギスを高い値段で買うお客がいないかどうか、茂さんに訊《き》いた。「素人のお客で、やたら大型のキスを注文する人、いない？」と訊いた。

「白ギスねえ……」と茂さん。動かしていた手を止める。しばらく考えている。「あ……そういえば」と口を開いた。わたしを見る。

「ほら、良次《りょうじ》いるだろう。確か、夏佳とは中学や高校で同級だった」と茂さん。「良次ね」わたしは言った。良次は、確かに同じ中学と高校に通っていて、わたしと同級だった。高校1年のとき、同じクラスになったこともある。

良次、フルネーム、高木良次の家は昔から漁師をやっていた。良次も、高校を卒業すると家業を継いだ。値の張るカサゴやメバルを主に獲っている。若いけれど、漁師としての腕はいいようだ。

「で、良次が？」と、わたし。「なんか、白ギスの話をしてたような気がするなあ」

と茂さんは言った。

「白ギスのどんな話？」

「よくは覚えてないけど、いまお前さんが言ってたみたいに、白ギスを注文する素人の客がいるようなことだったかな。それも、すごくいい値《ね》で買っていくとかも言ってた気がするなあ……。詳《くわ》しいことは、本人に訊いてみりゃいい」

茂さんは言った。「良次、家にいるかなあ……」と、わたし。「たぶん、いるよ。車いじってるんじゃないか」

茂さんは言った。良次は、カーマニアなのだ。わたしは、茂さんにお礼を言う。自分の自転車に向かって歩きはじめた。

かん高いエンジン音が、あたりに響いていた。葉山の海岸線から100メートルほど山側に入ったところ。良次の家が持っている月ぎめの貸し駐車場。その隅に赤いフェラーリが置かれている。

良次は、フェラーリのエンジン・フードを開け、何かやっている。回っているエンジンの音が、あたりに響いていた。ショートパンツ、ナイキのTシャツという姿の良次が、エンジンをのぞいている。足もとには、工具箱があり、いくつかの工具が駐車場のアスファルトに置かれている。

わたしは、近づいていき良次の背中を叩《たた》いた。良次がふり向いた。わたしの顔を見る。「よお、夏佳」と言ったらしいけれど、その声はエンジン音にかき消され、ほとんどきこえない。

「きこえない！」わたしは少し大きな声で言った。良次が、うなずく。運転席に首を突っ込む。エンジンを切った。「ありがとう」わたしは言った。

「珍しいな。夏佳がくるなんて」と良次。「ちょっと用事があってね」わたしは言った。良次は、工具箱からウェスをとり出す。指についた汚れを拭《ふ》きながら、わたしを見た。

「茂さんにきいたんだけど、白ギスを高値で買っていく素人のお客がいるんだって？」わたしはずばりと訊いた。「ああ、いるよ。1匹、1万円で買っていくお客が」と良次。

「1匹、1万円」わたしは、思わず声に出していた。

16　風を読む

「そう、1万円。ただし、でかいやつに限ってだけどな」と良次。「それって、年に1回、いま頃じゃない？」と、わたし。「ああ……」良次は、うなずいた。わたしは心の中で、〈ビンゴ〉とつぶやいていた。

さらに良次から話をきいた。年に1回、ちょうどキス釣り大会の頃だ。八木沢から電話がかかってくるという。〈何日に大型の白ギスを、3匹そろえてくれないか〉という注文がくる。良次は、その前日に刺《さ》し網《あみ》を仕掛けるという。

腕のいい良次だから、大型の白ギス3匹は簡単にそろえられる。獲った白ギスを八木沢に渡し、お金をもらうという。1匹1万円は、もちろん破格だ。けれど、漁師としては、獲った魚をお客に売る、普通の商売とも言える。

「で、白ギスのつぎの注文がきてるでしょう」と、わたし。「ああ、きてたな」と良次。ショートパンツのポケットから、スマートフォンをとり出した。操作している。スケジュール表を出しているようだ。やがて、

「あったあった」と良次。つぎに白ギスを渡す日付をわたしに言った。それは、キス釣り大会の前日だった。八木沢は、この日に良次から大きな白ギスをうけとる。それを、クーラーボックスに入れておくのだろう。そして、翌日の釣り大会。検量には、良次から買った白ギスを出す。そういうことらしい。

「それって、もう何年も続いてるの?」わたしは訊いた。「そう……4年ぐらい前からだな」と良次。わたしは、うなずいた。

「なんか、まずいのか?」と良次。わたしは首を横に振った。「あんたは、まずくない」と言った。お客の要求で魚を獲り、それを売っている良次は、まずくない。まずいのは八木沢だ。

わたしは、良次にごく簡単に説明した。八木沢が、キス釣り大会に連勝している。その理由は、良次から買う白ギスであることを話した。良次は、小さくうなずきなが

らきいている。

「そんなことじゃないかと、おれも、うすうす感じてはいたよ」と良次。「いくらなんでも、白ギス1匹1万円は、不自然だからな」と言った。

「で、今年も、あの八木沢さんにキスを売っていいのか?」良次が訊いた。「かまわないわ。あとは、こっちで考えるから」わたしは言った。じゃ、と良次に言った。フェラーリの車体をポンと叩く。歩きはじめた。後ろで、フェラーリのエンジン音が響きはじめた。

「さて、どうしたものか……」わたしは、つぶやいた。カサゴの唐揚げを、サクッとかじる。ビールを、ひと口……。

夜の8時。居酒屋フジツボ。今夜、お客はわたしだけだ。梅雨は明けたというのに、今夜は雨粒が窓ガラスを濡《ぬ》らしていた。わたしは、カウンターの中にいる雄作に、八木沢のことを話した。八木沢がやっていたいわばインチキについて話したところだった。

「どうしたものか」わたしは、また、つぶやいていた。

「まあ、そこまで証拠が揃ってるんなら、その八木沢っていうオーナーのインチキをあばくのは簡単なことだな」と雄作。包丁で長ネギを刻みながら言った。わたしは、小さくうなずいた。

「彼がやってたことをオーナーの連中にばらせば、彼は疎外されマリーナから出ていくしかないわね。27フィートの船がマリーナから出ていくことなんて、たいしたことじゃないし……」わたしは言った。毎年、何艇かの船が新しくマリーナに置かれ、何艇かの船がマリーナを去っていく。

わたしがそう言うと、雄作がふと手を止めわたしの方をじっと見ている。わたしも雄作を見た。「何よ」と言った。

「いま言ったことって、お前の本音《ほんね》かな？　その八木沢ってオーナーが疎外されてマリーナを出ていくのはしょうがないって、本気で思ってるかな？」雄作は、握った包丁を止めたまま言った。

「じゃ……どういうことよ？」

「お前、基本、サバサバとした男っぽい性格だと思うが、心のどっかに優しいところがあるよな」と雄作。わたしはビールのグラスを手に彼を見た。

「小学生の頃、へたな男子より運動ができて、ケンカも強かったよな。けど、3年生だった頃かな、学校で飼ってたウサギが死んじゃったじゃないか。あのとき一番悲しがってたのは、お前だった」と雄作。「夕方の校庭のすみで、ただ一人、最後まで死んだウサギの体をなでて涙を流してたのを、おれはよく覚えてるよ」と言った。

「……まあ、子供だったし」わたしが言いかけると、「そう照れなくてもいいさ。心根が優しいのは、恥ずかしいことでもなんでもない」と雄作が言った。

わたしは、無言でビールのグラスに口をつけた。やはり、心の中では少し照れていた。雄作が、そんな思いでわたしを見ていたとは知らなかった。男友達と同じようにしゃべれる女としか見ていない、そう思っていた。だから、いまの言葉は意外だった。ちょっと驚いた。けど、それを顔に出さないでいた。黙ってビールを飲んでいた。雄作は、また長ネギを刻みはじめた。包丁の音がリズミカルにきこえていた。あい変わらず、雨粒が窓ガラスを濡らしていた。

「じゃ、白と赤のワインを、それぞれ1ダースずつでいいかな。キス釣り大会の前日までにハーバー事務所に届けさせるよ」と荘一郎が言った。わたしは、

「いつもいつも、ありがとう」と言った。

午後4時。ヨット〈MALAGA〉のデッキだ。一日のクルージングを終え、〈MALAGA〉はポンツーンに舫《もや》われていた。真夏を感じさせる陽射しが、ハーバー内の水面《みなも》に照り返していた。荘一郎は、クーラーボックスで冷やした白ワインを、ゆっくりと飲んでいた。

「いつもいつも思うんだが、君は正直だな。考えていることが、顔に出てしまう」と荘一郎。微笑しながら、「何か、心配ごとがあるようだね」と言った。

しばらく考えていたわたしは、やがてうなずいた。「いろいろあって……」と、つぶやいた。

「まあ、私でよかったら話してみたらどうかな。誰かに話すことで少しは気が楽になることもあるし」と荘一郎。

わたしは、少し無言でいた。この荘一郎からなら何かいいアドバイスがもらえるかもしれない。わたしは、あたりを見回した。〈MALAGA〉が舫われているポンツーンの両側に、いま、ほかのヨットは舫われていない。あたりにハーバー・スタッフもいない。

わたしは、少し声のボリュームを落として話しはじめた。八木沢のことについて、話しはじめた。

「なるほど……」と荘一郎が言った。わたしが、事情を話し終わったところだった。

荘一郎は、話をきき終わっても、小さくうなずいている。グラスのワインをひと口……。

「あの八木沢さんというオーナーの姿は、よく見ているよ。話したことはないが」と荘一郎。「彼のこれまでをきくと、そういう考え方におちいってしまうのも、わからないではないな」と言った。

そして、「少し気の毒な感じもするよ」とつけ加えた。わたしも、かすかに、うなずいた。荘一郎は、グラスに口をつける。ほっと息を吐き、微笑した。

「彼が、もしヨットをやっていたら、少しは違っていたのかもしれないな」荘一郎が言った。わたしは、荘一郎の横顔を見た。「君も、十代の頃はヨット競技をやっていた。私も、大学生の頃までは、ヨット競技をやっていた。その経験から得たことは大きい。特に、勝負を左右する風の気まぐれさについては……」

荘一郎が言った。わたしは、胸の中でうなずいていた。

ヨット競技の勝敗を分けるのは、どれだけうまく風をうけて走れるかだ。海の上では、同じ風が一面に吹いているように思っている人も多いだろう。けれど実際は違う。同じ南風が海面を吹いていたとしても、風の強弱は、その場所その場所でかなり違う。たとえば、自分の現在地から20メートルはなれた場所では、より強い風が吹いていたりする。

だからヨット競技のときは、どこに強い風が吹いているかを敏感に察知《さっち》し、そこに自分のヨットを持っていくことが大切だ。つまり、〈風を読む〉ことが必要だ。風が強く吹いているところは、海面に変化があらわれている。ヨットを走らせながら、その海面の変化を見つけることが要求される。それを上手《うま》くできたヨットが、勝負に勝つ。

といっても、風は気まぐれだ。さっきまで強く吹いていたポイントが、5秒後には変わってしまうことも多い。それは、自然を相手にするスポーツの難しさだ。ある部分は、運に左右されるとも言える。

そんなヨット競技を経験すると、あることに気づかされる。それは、勝負というのが、ある場合には、運に左右されるということだ。

あそこに強い風が吹いている、あるいは吹いてきそうだと判断し、そこへヨットを向ける。けれど、気まぐれな風に裏切られ、その勝負に敗れる。そんなことは多いと言えるだろう。

そういう経験を重ねていると、一種、悟《さと》ったような気持ちになることがある。とりあえず、全力はつくす。けれど、その結果、勝てるか敗れるかは、ときには運にも左右される。そのことが、実感として身についてくるのだ。

〈彼がもしヨットをやっていたら〉と荘一郎が言ったのは、そういうことだろう。人生、自分の力だけでは勝ちきれないこともある。それを知ることで、〈何がなんでも勝つこと〉への執着《しゅうちゃく》が少しは薄れるとわたしも感じている。

そのとき、孫の利行がポンツーンを歩いてきた。ヨットのそばまでくる。荘一郎に向けてVサインをした。

「はじめて、25メートル、泳げたよ」と言った。あの野間の彼女であるミキがインストラクターをやっている由比ヶ浜のスイミング・スクールからの帰りなんだろう。

「えらいぞ。今夜は寿司《すし》でもとろうか」と荘一郎は笑顔で言った。帰りじたくをはじ

めた。ワインのボトルを、クーラーボックスに戻した。今日は、あまり飲んでいないようだ。そんなわたしの視線を感じてか、

「このところ、酒が弱くなったよ。年のせいかな」と荘一郎は言った。けれど、その口調が少し不自然だった。酒が進まなくなったのは、やはり体調が悪化しているせいだろうか……。この2、3週間で、もともと痩《や》せ型の荘一郎が、さらに痩せたような気もする。荘一郎の人生の幕引き、そのカウントダウンがはじまっているのだろうか。

帰りじたくをしている荘一郎の横顔を見ながら、わたしは、そんなことをちらりと思った。真夏の訪れを感じさせる南西風が、ハーバーを吹き渡っていく。

17　心の聖域

「ここで、ニュートラルにして」わたしは野間に言った。彼が、レバーを引く。中立《ニュートラル》の位置に戻した。これで、船のプロペラは止まった。船は、惰性《だせい》でゆっくりと動いていく。この惰性で動くことを〈いき足〉と言う。

船は、目標にしている浮標《ブイ》に近づいていく。わたしは、「バックに入れて」と言った。野間が、レバーを後進《バック》に入れた。プロペラが逆転する。船のいき足にブレーキがかかる。目標にしているブイのすぐわきで止まった。

日曜日。午後1時。わたしは、野間に操船を教えていた。

いま教えているのは、着岸。つまり、船を岸壁やポンツーンに横づけする技術だ。

操船の中でも、最も難しいものの1つで、船舶免許の実技試験でも、大きなポイントになる。

といっても、最初から岸壁を使って練習させるとプレッシャーがかかる。初心者の場合、岸壁に船をぶつけるのではという恐怖を感じて、うまく着岸できないことが多い。

そこでわたしは、海に浮いているブイを使って練習させることにしている。葉山の沖、5海里《マイル》。漁師が目印にしているブイがある。大きさは米俵《こめだわら》ぐらい。中は発泡スチロールで、外側はビニールが張られている。そのブイを目標に、着岸の練習をさせていた。こういうブイなら、船を軽くぶつけてしまっても、どうということはない。

30分前からはじめて、そろそろ午後1時になろうとしていた。

野間は、操船の練習をはじめた最初の頃に比べると、驚くほど船に慣れてきていた。スピードを出して走ることを怖がらなくなっていた。船のメカニズムについても、彼の方からいろいろ質問してくるようになっていた。どうやら、船舶免許がとれそうな感じになってきていた。

「ひと休みしようか」わたしは言った。クーラーボックスから、スポーツドリンクを

2本出す。1本を野間に渡した。自分でも、スポーツドリンクをぐいと飲んだ。汗をかいた体に、冷たいスポーツドリンクが心地いい。

真夏らしい陽射しが、海面に叩《たた》きつけていた。それでも、風が吹いている海上は、地上に比べればまだいいのだろう。

操船席《ヘルム》にあるマリンVHFから、ときどき交信する声が響いている。うちのマリーナの船が、交信している。

「こちら、アイランド。いま逗子の小坪《こつぼ》沖にいます。釣果はぼちぼち」と言っているのは、〈クラブ・マーメイド〉の副会長、三島だ。

「アイランド、了解。こちらは、リバティ。現在、一色沖の水深12メートルでやっています。1匹だけ大きめが釣れたけど、あとは小型ばかりです」と言っているのは、同じクラブの会長、川端だ。

ほかのメンバーからも、釣果を伝える無線がつぎつぎと入ってくる。

1週間後の日曜日は、いよいよキス釣り大会だ。そのため、出場する船の多くが、釣りのポイントを探る目的で海に出ているのだ。

「でっかいキスは、どこにいるんですかね」とメンバーの誰か。「わかってたら、と

っくにいってますよ」と笑いながら答えるメンバーもいる。そんな無線をきき流しながら、

「例の彼女とは、どうなってるの?」わたしは野間に訊《き》いた。

「うーん、最近は忙しいから、あまり会ってないよ。仕事はあい変わらずだし、操船の練習もあるしね」と野間。あまり気のなさそうな返事をした。わたしは、無言でうなずいた。

そして、1週間後。白ギス釣り大会の当日。

わたしは、いつものように午前8時にはハーバーにいた。キス釣り大会は、午前9時にスタート・フィッシング。午後2時が、ストップ・フィッシング。釣りのポイントが近いこともあって、5時間の勝負になる。

シーマンズ・ルームの前では、エントリーの受付がはじまっていた。各艇のオーナーが、つぎつぎとやってくる。ここで出場費を払いエントリーの手続きをする。

わたしは、さりげなく、ハーバー・ヤードを眺めていた。

やがて、あの八木沢がやってきた。オーナー駐車場の方から歩いてくる。社員らし

い若い男を2人連れている。それぞれに、釣り竿《ざお》などを持っている。

八木沢が、エントリーにいく。出場費を払っている。周囲にいるメンバーから、「今年も優勝？」などと、からかい半分の声がかけられる。八木沢は、「いやいや」などと答えている。

わたしは、彼の船〈VICTORY Ⅲ〉の方に歩いていった。社員2人は、船台に載っている船の上で何か準備をしている。船台のそばに、小物用の釣り竿とクーラーボックスが置かれていた。

わたしは、やや小型のクーラーボックスを開けてみた。予想通り、キスがいた。大きい白ギスが3匹、氷水につかっていた。それを眺めていると、エントリーを終えた八木沢がやってきた。クーラーボックスの中を眺めているわたしを見ると、彼の足が止まった。その動きが、かたまっている。

「あ、八木沢さん、どうもありがとう」わたしは明るい声で言った。「表彰パーティー用の魚を用意してきてくれたのね」と言った。

八木沢の口は半開き。その頭の中は、混乱しているはずだ。わかっていることは、クーラーボックスに隠《かく》し持ってきた白ギスが、わたしに見つかったということ……。

それだけは、理解できたはずだ。

「せっかく用意してきてくれたキスだから、皆さんが釣りをしている間に、昆布《こぶ》じめにでもしておくわね」わたしは言った。白ギスを刺身にすると、味がやや淡白すぎる。そこで昆布にはさみ込んで味をのせてやる。

「じゃ、どうもありがとう」わたしは言った。クーラーボックスから白ギスをつかみ出す。あらかじめ用意しておいたビニール袋に入れた。

「それじゃ、釣り大会、がんばって」わたしは笑顔で八木沢に言った。白ギスの入ったビニール袋を持って、歩き去る。〈クラブ・マーメイド〉のメンバーたちは、エントリーをしたり、釣りの準備をしたりで忙しい。わたしと八木沢のやりとりを、誰も見ていない……はずだった。けれど、歩きはじめて約10歩、

「おみごと」という声がした。荘一郎だった。利行を連れている。これからヨットを出すところらしい。わたしは、荘一郎と向かい合った。

「彼の名誉をいっさい傷つけず、きちんと警告はあたえた。みごとだったよ」と荘一郎が言った。わたしは白い歯を見せる。ただ、かすかにうなずいた。「いいクルージングを」とだけ言った。その場を歩き去った。

「クラブ・マーメイドの各艇」とマリンVHFから声が響いた。マイクを手にしているのは、会長の川端だった。午前9時ジャスト。「それでは、今年の白ギス釣り大会をはじめます。全艇、安全第一でがんばってください。スタート・フィッシング！スタート・フィッシング！」

無線から川端の声が響いた。出場艇が、つぎつぎとハーバーを出ていく。海に散っていく。

午後3時半。すでにストップ・フィッシング。〈クラブ・マーメイド〉の船たちは帰港していた。シーマンズ・ルームの前では、各艇が釣ってきた白ギスの検量がはじまっていた。ハーバー・マスターであるわたしも、立ち会っていた。

「……218グラム」と白ギスの重さを読み上げる声。とり囲んだメンバーたちから、「おお！」という声や、どよめきが上がる。

メンバーの1人、岡野《おかの》という幹事役のオーナーが検量を担当していた。キッチン用のハカリに、持ち込まれたキスを1匹ずつ載《の》せ、重さを測る。几帳面《きちようめん》な彼は、汗で曇る眼鏡のレンズを拭《ふ》きながら、ハカリに表示されるデジタルの数字を読み上げている。

２００グラムをこえるキスが持ち込まれると、周囲にいるメンバーたちから、声が上がる。けれど、２００グラムごえのキスを3匹そろえられる船は、なかなかいない。2匹は２００グラムをこえていても、3匹目が１６０グラムだったりする。

クラブの副会長、三島の船は、好調だった。２３１グラム、２１８グラム、１９７グラムの3匹をそろえた。合計６４６グラム。いまのところ、トップだ。

そして、八木沢がやってきた。まわりにいるメンバーたちの表情が変わる。みんな八木沢をじっと見る。八木沢は、肩にかけたクーラーボックスをおろす。蓋《ふた》を開け、キスをとり出した。テーブルの上に3匹のキスを並べた。

それを見ている周囲から、軽いどよめき……。3匹のキスは、あきらかに小さかった。岡野が、1匹目をハカリに載せる。

「１５２グラム」と読み上げた。2匹目は、１４５グラム、3匹目は、なんと１０６グラムという小型だった。これでは、出場艇の中でも、最下位かもしれない。

「八木沢さん、今年は、キスにふられたね」とベテランメンバーの1人。八木沢は、苦笑い。「ダメでしたね」とだけ言った。

その1時間後。表彰パーティーがはじまった。検量されたキスは手早くさばかれ、天プラになっていく。ほかにも、あらかじめ用意された料理がテーブルに並んでいる。荘一郎が提供してくれたワインが開けられ、みな飲みはじめている。

立食で飲み食いしながら、表彰式も同時進行でおこなわれる。今年の優勝は、合計651グラムのキスを釣った船だ。副会長、三島の船は、5グラムの差で2位になった。優勝者や入賞者には、トロフィーや楯《たて》や、副賞が渡され、拍手に包まれる。

八木沢の船は、最下位だった。それでも、残念賞として、あらかじめ用意してあったポロシャツが渡された。

皆がワインで頬を赤くしはじめた頃、壁ぎわにいるわたしのところへ、八木沢がやってきた。「お疲れさま」わたしは言った。八木沢は、あい変わらず苦笑い。「釣りは難しいね」と小声で言った。「でも、難しいから楽しいんじゃない？」と、わたし。

八木沢は、副賞のポロシャツを手にしていた。マリン・ウェアのメーカーのポロシャツだった。その背中、小さめの英文がプリントされている。

Fishing Is Holy Ground Of Me

とプリントされている。八木沢は、その英文を見ている。「この意味は？」と、わたしに訊《き》いた。

「釣りは、私にとって心の聖域である……まあ、そんなところかしら」と、わたし。

八木沢は、しばらく考えている。「これは、私へのいましめかな？　私が最下位になるとわかっていて、この言葉が入ったポロシャツを用意したとか？」彼は言った。

「そこまでは考えてなかったわ。たまたまよ」わたしは言った。

そんなやりとりをしていると、わたしは気づいた。八木沢の表情に変化があらわれている。これまでの彼の眼つきは、ちょっときつかった。勝気《かちき》や闘争心があからさまにあらわれたきつい眼つきをしていた。話している相手を身がまえさせてしまうような表情だった。それが、少し変わっていた。穏《おだ》やかになったという程ではない。けれど眼の中にあるきつい光が、やわらいでいるのが感じられた。今回の釣り大会のことが、彼の心に、何かしらの変化をもたらしたのだろうか……。わたしは、そんな彼の表情を眺めていた。八木沢は、ポロシャツにプリントされた文字をじっと見つめている。

18　新しい恋をインストールする

携帯電話が鳴った。若いハーバー・スタッフと話していたわたしは、ポケットから携帯をとり出す。かけてきたのは、あの小田切ミキ。野間の彼女で、スイミング・スクールのインストラクターをやっている。

わたしは、スタッフたちから少し離れる。携帯を耳にあてた。

「いま電話大丈夫？」とミキ。わたしは、〈大丈夫〉と答えた。

「あの、つぎの日曜なんだけど、クルージングにわたしも誘われてて」とミキ。わたしは、胸の中でうなずいていた。

野間が、船舶免許をとったのだ。そこで、親しい連中を呼んでクルージングをやろうということになった。もう8月の後半になっている。けれど、暑い日が続いている。そこで、軽くクルージングをして、どこかに錨《アンカー》を打つ。とめた船の上で、軽くパーティーをする。泳ぎたい人は泳ぐという予定になっていた。船舶免許をとったといっても、免許とりたてだ。彼自身も不安はあるのだろう。わたしも一緒に船に乗ることになっていた。

「そのクルージングなんだけど……」とミキ。「どんなかっこうでいけばいいのかしら」と訊いてきた。

そうか……。彼女がいつも野間に会うときのような、ブランド物を身につけたモデルっぽいスタイルでくるべきかどうか、迷っているということらしい。わたしは、しばらく考える。

「いっそ、ガラリとイメージを変えて、地《じ》でいっちゃえば」わたしは言った。「暑いから、途中で泳ぐかもしれないわけだし、下に水着を着て、カジュアルな服で、彼を驚かせてみれば」と、わたしは言った。野間の方は、いかにもモデルっぽい彼女に飽《あ》きがきている感じだ。それなら、いっそ、素《す》の彼女を出してしまう方がいいのでは……。わたしはそう感じた。

「そうかも……。真夏のクルージングに、ブランド物の服じゃ不自然だものね」と彼女。「アドバイス、ありがとう」と言った。「じゃ、日曜は楽しみにしてるわ」わたしは言い、電話を切った。

「あ、いいじゃない」わたしはミキに言った。

日曜日。午前9時半。野間の船〈TEC 1〉のクルージングがはじまろうとしていた。クレーンの近く。わたしはミキと顔を合わせた。

ミキは、いつもハーバーにくるときとは違って、カジュアルなスタイルをしていた。濃いブルーのTシャツ。下は、膝《ひざ》たけのショートパンツ。髪は、後ろで1つに束ねている。Tシャツの襟《えり》もと、水着がちらりと見えた。競泳用の水着を中に身につけているらしい。メイクも、薄い。淡いピンクの口紅をつけているだけだ。それでも、すらりと背が高く、顔立ちの整った彼女には、男たちをふり向かせるものがある。

クルージングに出る準備がおこなわれていた。野間は、かなり緊張した表情で、オイルや冷却水の点検をしている。自分が初めて舵《かじ》を握り、人を乗せてクルージングすることで相当に緊張しているようだ。

副社長の東は、若い社員2人と飲み物の準備をしていた。ハーバーに持ってきた飲み物をつぎつぎとクーラーボックスに入れている。出艇届けによると、社員の1人が中村《なかむら》、もう1人が金井《かない》という名前だ。

出港の準備は、ととのった。野間が、ヘルムに腰かける。左右のエンジンをかけた。エンジン音、冷却水系統からの排水を、わたしがチェックした。ヘルムにいる野間に、親指を上げてOKのサインをした。

ハーバー・スタッフが、ポンツーンから2本の舫《もや》いロープをほどいて投げる。船首側は社員の中村が、船尾側は、わたしがロープをうけとった。

「離岸していいわよ！」わたしは、ヘルムの野間に叫んだ。野間は、うなずく。レバーを前進に入れた。船は、ゆっくりと水路に出ていく。野間が緊張して操船しているのはわかった。けれど、なんとかハーバーの出入港口を出ていく。ゆっくりと、相模湾に走り出していく。

陽射しは、まだ夏のものだった。が、風はほとんどない。海はべた凪《な》ぎ。野間の初クルージングには絶好の日だった。野間は、ゆっくりとした速度で船を動かしていく。コンパス方位240度。相模湾のまん中に向かっていくコースだ。

日曜なので、海の上はにぎやかだった。プレジャーボート。乗り合いの釣り船。大型のヨット。学生たちの小型ヨット。ウインドサーファー。シーカヤック。パドルボード、などなど……。

〈TEC1〉は、そんな海をゆっくりと進んでいく。野間は、慎重に周囲を見ながら舵を切っていた。船に乗っている連中は、そんな野間には気づかず、くつろいでいる。

やがて、ハーバーから3海里《マイル》ほど沖に出た。あたりに、ほかの船が少なくなった。

わたしは、ヘルムにいる野間に声をかけた。

「もう少しスピード上げれば！」と叫んだ。

野間は、うなずいた。レバーに手をかけた。3秒後、船は急に加速した。慣れていない野間が、レバーを押し込みすぎたのだ。

船のスピードが急に上がった。デッキにいた金井という社員、その帽子が飛んだ。金井は、あわてて立ち上がる。帽子を追いかけようとした。帽子は海に飛んでいく。それをつかもうとした金井が、体のバランスを崩した。船べりから落水した！

「スピード落として！　ギア、中立！」わたしは野間に叫んだ。ガクッと船のスピードが落ちた。

わたしは、着ていたポロシャツを脱いだ。もちろん、下には水着を着ている。あわててはいなかった。落水した金井がライフジャケットを身につけていたのは見ていた。彼が溺《おぼ》れ死ぬことはないだろう。

わたしが、はいていたショートパンツを脱ごうとしたときだった。すでに競泳用の水着姿になっていたミキが、船べりを蹴《け》っていた。美しいフォームで海に飛び込んだ。

ミキは、クロールで泳いでいく。

落水した金井は、船から40メートルほど後方にいる。金井が落水した瞬間に、わたしは野間に叫んだ。けれど、野間がレバーを中立にして船が止まるまでに、そこまで進んでしまったのだ。

金井は、海面で両手をばたつかせている。溺れているのではない。突然落水したので、パニックになっているようだ。

ミキは、１００メートル自由型競技のようなスピードとフォームで金井に近づいていく。ものの15秒ほどで、両手をばたつかせている金井のもとにたどり着いた。

落水した人を救助するときのセオリー通り、ミキは金井の後ろに回った。前から近づくと、落水者に抱きつかれてしまうからだ。ミキは、金井の後ろに回り、彼を仰向《あおむ》けに浮かせた。これも水難救助のセオリーだ。インストラクターのミキは、そういう技術を完璧《かんぺき》に身につけているようだ。

もともとライフジャケットの浮力がある。金井は、仰向けに浮かんだ。ミキが、落ち着くように言いきかせている。仰向けに浮かんだ金井の様子が落ち着いた。ミキが、その体をささえ、船の方に進みはじめた。その動作はプロのものだった。

船から15メートルのところまで近づいた。わたしはすでにロープのついた救命浮き輪を準備していた。それを思いきり投げた。浮き輪は、彼らのすぐ近くに落ちた。ミキが、それに気づいた。金井の片腕を、浮き輪に通す。金井は、浮き輪をしっかりと腕でかかえた。

わたしは、ロープをゆっくりと引きはじめた。金井は、仰向けに浮かんだまま、船尾に近づいてくる。わたしは、船尾にあるスイミング・プラットフォームから金井を引き上げることにしていた。

やがて、彼の体が海面の高さにあるプラットフォームまでやってきた。わたしと、社員の中村が金井の両腕をつかんだ。ミキが、海面から金井の体を押し上げた。金井の体は、ゆっくりと船上に引き上げられた。

「ほんと、すいません。迷惑をかけてしまって」と金井。頭を下げながら言った。船に引き上げられて5分後。金井はもう立ち上がっていた。水を飲んだようでもない。ケガもしていない。完全に元気をとり戻していた。

「その様子なら、ハーバーに戻らなくても大丈夫みたいね」わたしが言うと、金井はうなずいた。「僕のために予定を変えるなんて、とんでもない。もう、全然、元気ですよ」と言った。

その1時間後。わたしたちは一色海岸の少し沖にいた。水深7、8メートルのところに錨《アンカー》を打って〈TEC　1〉を止めていた。さざ波が、かすかに船を揺らせていた。一色海岸の海水浴場は、日曜なので混んでいる。海水浴場の人たちが遠くに見渡せた。海水浴場の向こうは緑の山。その上の青空に、ソフトクリームのような夏雲がわき上がっていた。

わたしたちは、適当にサンドイッチを食べたり、ソフトドリンクを飲んだりしていた。そんな船のまわりを、ミキが泳いでいた。ゆっくりとしたフォームで、気持ちよさそうに泳いでいた。

「……彼女が、水泳のインストラクターだったなんて……」サンドイッチを手にした野間が、つぶやいた。ミキがやっている仕事のことを、わたしがざっと話したところだった。

「そんなことも知らなかったなんて、僕はこれまで、彼女とつき合っていたことにならないよな……」野間が、ぼそりと言った。「そうね」わたしは、スポーツドリンクを片手に言った。

「あなたは、これまで彼女とつき合っていなかった」と、わたし。「そして、これからつき合いはじめる、それでいいんじゃない？　これまでのことは、心の中のパソコンから削除して、新しい恋愛をインストールする……。そんな感じ？」わたしは微笑しながら言った。

野間は、小さくうなずきながら、わたしの言ったことをきいている。そして、海面を見つめている。美しいフォームで泳いでいるミキを、眼を細め、じっと見つめている。

　え!?　わたしは心の中で、思わず声を上げていた。

〈TEC　1〉のクルージングから5日後。夜の6時半。居酒屋フジツボだ。わたしは、ビールを飲みながら、テレビを観ていた。

　雄作もわたしも、あまりテレビをつけるのが好きではない。けれど、その夜は、わたしと雄作がひいきにしているプロ野球チームのナイトゲームがある。ニュース番組の中で、今夜の先発投手が発表されるかもしれない。そんな理由で、わたしたちはテレビを観ていた。

　そんなニュース番組の中で、〈速報〉という感じのニュースが映し出されはじめた。〈輸入野菜から多量の農薬が検出か!?〉という見出し。さらに、〈神奈川県内で続々と中毒症状!〉の文字も画面に映し出された。〈神奈川県内〉の文字を見て、わたしはドキリとした。

　ニュースが流れはじめる。その内容は、こうだ。中国から輸入されたと思われる野菜を食べた人たちが、下痢、嘔吐《おうと》などの症状を訴えている。いまのところ、野菜に含まれている残留農薬が原因と疑われている。それがニュースのはじまりだ。

やがて、キャスターが早口で話しはじめる。

「この症状を訴えている人たちが口にした野菜はいずれも、神奈川県内でチェーン展開している青果店〈グリーン〉で買ったものだということです」

と言った。テレビ画面に〈グリーンK〉の店舗全体が映し出された。夕方に撮った映像らしい。そして、店舗の入口あたりに立っている八木沢が映し出された。スーツにノーネクタイ。さすがに緊張した表情……。その八木沢に、何本ものマイクが向けられている。わたしは、身じろぎもせずにそのニュースを見ていた。

つぎつぎとぶつけられる質問。八木沢は言葉少なに答えている。ひとことで言ってしまえば、〈いま調査中なので、その結果を待ってほしい〉ということだった。昨日からきょうにかけて発生したことらしいので、当然かもしれないが……。

19　人生にGPSはないから

翌日、神奈川県の検査が〈グリーンK〉に入った。すでに営業を停止しているすべての店舗、そして倉庫にも検査が入った。そのニュースは昼のテレビで流された。わたしや、社長の角田は、仕事の手を休めてテレビのニュースを観ていた。

夕方のニュース。立入検査の結果が一部発表された。〈グリーンK〉の店舗と倉庫から押収された野菜、その一部から、人体に害をおよぼす値《あたい》の農薬が検出された。それらの野菜は、すべて中国から輸入されたものだという。

被害は、それ以上拡がっていないようだ。神奈川県内で約30人に、下痢、嘔吐、発熱など症状があらわれた。けれど、重症にいたるほどのことにはなっていないようだ。

入院した人たちも、2、3日中には退院できる見込みだという。被害者の中に、子供や高齢者がいなかったことも不幸中の幸いだった。

騒ぎが一段落した2日後。〈グリーンK〉社長である八木沢の謝罪会見が開かれ、ニュースで流された。

重症者も出なかったことから、八木沢や会社が起訴されるところまではいかないようだ。ただし、〈グリーンK〉には厳しい行政処分がおこなわれるらしい。同時に、中国にも調査団を送る予定だとニュースで伝えていた。この農薬事件が、日本で流通している他店の野菜にも拡大する恐れがあるからだろう。

謝罪会見で、八木沢には厳しい質問が浴びせられた。

〈グリーンK〉は、ひたすら安さを売りものにしてチェーン展開をしてきた。安さ最優先の経営方針が、今回の事件を引き起こしたのではないか。利益を追求するため、安全性を軽視してきたのではないか。その点が、八木沢に向けられた質問の核だった。

それらの質問に対し、

「そういう面があったことは否定できません」と八木沢は答えた。ひたすら謝罪している。弁明の余地はない。いま彼にできることは、謝罪だけだろう。わたしと社長の角田は、テレビに映し出されている会見の様子を無言で見ていた。

9月に入って2週目の午後。八木沢がハーバーにやってきた。スーツにネクタイという姿だった。社長室のソファーで、角田とわたしに向かい合った。

「大変でしたね」と角田が言った。八木沢は小さくうなずく。話しはじめた。〈グリーンK〉は、事実上の倒産だという。店舗を売却している最中だと彼は言った。青果店のチェーンとして、今回の事件は、やはり致命的だったようだ。

「店舗のほとんどを売却すれば、社員への退職金などもなんとか払えそうです。もともと祖父の代から持っていた茅ヶ崎の土地だけは残せるかもしれません。そうなったら、また一から出なおしですよ」静かな表情で八木沢は言った。

「しかし、八木沢さんはまだ44歳でしょう。やりなおしのきく年じゃないですか」社長の角田が言った。八木沢は軽く苦笑し、

「そう思いたいですね」と言った。「それはそれとして、この状況なので、船も手離さざるをえません。その相談にうかがったわけで」と八木沢。角田は、うなずく。

「残念ですが、承知しました。これから業者の手配をします。八木沢さんの船はまだ

新しいし手入れもいいから、1、2ヵ月以内には買い手がつくと思いますよ」と角田が言った。


「やれやれ……」八木沢がつぶやいた。

社長室を出た八木沢とわたしは、ハーバー・ヤードをゆっくりと歩いていた。やがて、彼の船〈VICTORY Ⅲ〉の近くまでやってきた。立ち止まる。八木沢は、眼を細め船を見ている。わたしが何か言おうとすると、

「なぐさめてくれなくていいよ。私は経営者としての戦いに敗れた。それは、まぎれもない事実だ。高校野球で甲子園にいけなかったときと同じで、負けた者のことなんて、みな、すぐに忘れるよ。〈グリーンK〉という店のことも、いずれ忘れ去られるさ……。人生の敗北だな」と八木沢は言った。

「それは、ある部分で当たっていると思う。でも、全部じゃないと思うんだけど」わたしは言った。八木沢は、わたしを見た。

「確かに八木沢さんの仕事は大きくつまずいたかもしれない。社員たちは離れていくかもしれない。けど、一人だけ、離れていかない人がいるかもしれない。八木沢さん

のこれまでの頑張りを、すぐそばで見続けていた人が少なくとも一人はいるんじゃな
いかしら」わたしは言った。八木沢は、5秒ほど考えていた。そして、
「家内か……」と、つぶやいた。
八木沢の妻は、年に何回かハーバーにやってくる。いわゆる社長夫人という感じで
はなく、腰が低い。わたしたちハーバーのスタッフにも、ていねいな言葉遣いをする
人だった。八木沢の店が小さな青果店だった頃に結婚したときいたことがある。
わたしがここのハーバー・マスターになってすぐ、〈VICTORY Ⅲ〉の進水
式がおこなわれた。そのときも、八木沢の奥さんはきていた。船名が入ったハンドタ
オルを用意しており、わたしたちスタッフの一人一人に〈よろしく〉と言いながら手
渡してくれた。どちらかといえば、ぶっきら棒な八木沢とは対照的で、感じのいい女
性だという印象を、わたしは強く持ったものだった。
「家内か……」また、八木沢がつぶやいた。小さく、うなずいている。
「そうかもしれないなあ……。うちは子供もいないことだし、私のことをいつも見守
ってくれていたのは、家内だったかもしれない」と言った。わたしは微笑。
「だったかもしれないじゃなくて、これからもでしょう。……たとえ一人でも、心か

だように見えた、そんな気がした。

ら応援してくれる人がいるとしたら、その人生が敗北とは言えないと思うんですが、違います？」と言った。八木沢は、それには答えずにいた。その表情が少しやわらいだように見えた、そんな気がした。

夏から秋へ、季節のページは確実にめくられていく。空に拡がる雲も、秋の訪れを感じさせるウロコ雲へと変わっていた。

そんな水曜の午後1時。

「ハーバー・マスター」と声をかけられた。野間だった。ついさっき、クルージングから戻ってきたところだった。野間は、わたしの方に歩いてくる。

「さっき走ってたら、右舷《うげん》側の水温が少し上がりぎみだったんだ。メカニックの人に見てもらった方がいいかな」と野間は言った。わたしは、うなずいた。「あとで、メカの谷原さんに見てもらうわ」と言った。「よろしく」と野間。その姿は、すでに一人前のボート乗りだった。

野間は、船台に載っている〈TEC　1〉の方へ戻っていく。いま、海から上がった〈TEC　1〉の船体を水洗いしているのは、ミキだった。七分袖《そで》のTシャツ、膝《ひざ》たけのパンツというスタイルで、船体にホースの水をかけている。きょうは、野間と二人で2時間ほどのクルージングをしてきたのだ。

野間も、もう1本のホースを手にした。ミキと二人で船体を洗いはじめた。進水してからずっと、〈TEC　1〉の船洗いは、料金を払ってハーバー・スタッフにやらせていた。けれど、9月に入ってから、船洗いは自分たちでやると野間はハーバーに伝えてきた。

いま、野間とミキは、仲良く船体に水をかけて洗っている。二人のはずんだ会話が、ときおりきこえてくる。船体から飛び散った水飛沫《しぶき》が、透明な初秋の陽射しをうけて光っている。

八木沢がやってきたのは、金曜日の昼過ぎだった。奥さんを連れている。二人とも、カジュアルな身なりをしている。

「最後のクルージングをしようと思ってね」と八木沢は言った。彼の船〈VICTORY　Ⅲ〉は、あと5日でこのハーバーを出ていくことになっていた。進水してまだ2年ということもあり、予想より早く買い手が見つかったのだ。

わたしは、うなずいた。若いハーバー・スタッフに声をかけた。〈VICTORY Ⅲ〉を海におろすよう指示した。

「お店の方は、どうですか？」わたしは八木沢に訊《き》いた。「まだ店舗を処分している最中だけど、大変は大変だよ。まさか、こんなことになるとは思ってもみなかったから……」と彼。

「船とちがって、人生には、いく先を教えてくれるGPSもついてないですからね……」わたしはつぶやいた。「……確かに」と八木沢。ホロ苦く笑った。

八木沢は、船の方に歩いていく。その奥さんが、わたしと向かい合った。コットンパンツ姿の奥さんは、わたしに頭を下げる。

「長い間、お世話になりました」と言った。そして、ビニール袋をわたしに渡した。「スタッフの皆さんで召しあがってください」と言った。

ビニール袋には、大きな梨《なし》が5個ほど入っていた。わたしがそれを見ていると、「大丈夫よ。それは国産品」と奥さんが微笑しながら言った。わたしはお礼を言った。

八木沢が戻ってきた。ライフジャケットを身につけている。奥さんのためのライフジャケットも手にしている。船を出す準備はできた。

「じゃ……またこのハーバーに戻ってこられる日を待っています」わたしは八木沢に言った。八木沢は、うなずいた。その眼に光るものがあるのを見て、わたしは少し驚いていた。確かに釣り大会で不正はやっていた。けれど、根っから海や釣りが好きだったのだろう。船を手離すことが心底くやしいのだろう。その気持ちが、わたしにも伝わってきた。

やがて、わたしにおじぎをすると、二人は船に乗り込んでいった。この船での最後のクルージングに出るために。

二人が乗った〈VICTORY Ⅲ〉は、ゆっくりとハーバーを出ていく。その船尾に描かれている船名も、5日後には描きかえられてしまう。そのことを思うと、わたしの胸にも込み上げてくるものがある。わたしは、そんな感情をおさえて、ハーバーを出ていく船を見送っていた。手にしたビニール袋から、ほのかに梨の香りが漂っていた。

20　旅立ちの秋

「そういえば」とハーバー・スタッフの山岡君。「澤田さんも利行君も、このところ見えないですね」と言った。

それは、わたしも気になっていたことだ。9月のはじめ、一度だけ荘一郎と利行はハーバーに姿を見せた。3時間ほど〈MALAGA〉でクルージングをしていた。利行は褐色に陽灼《や》けして、すっかり逞《たくま》しくなっていた。この夏の間で、体がひと回り大きくなったようだ。

けれど、それ以後、荘一郎も利行もハーバーにやってこない。わたしも、そのことはかなり気になっていた。

わたしは、事務所にいった。鎌倉の大町にある荘一郎の屋敷に電話をかけてみた。コール音は鳴っている。が誰も出ない。わたしは腕時計を見た。午後2時半だった。利行は、まだ高校から帰ってきていないかもしれない。それにしても、誰も電話に出ない……。わたしは受話器を置いた。嫌な予感がしていた。

夜の7時過ぎ。居酒屋フジツボから、再び荘一郎の家に電話をかけた。5回目のコールで利行が出た。

「あ、夏佳さん」と利行。「何か、あったの？　ハーバーで姿を見ないから」と、わたし。

「祖父が、入院したんだ」と利行。わたしのコードレスフォンを持っている手に力が込もった。利行は少し沈んだ口調で話しはじめた。

9月の2週目あたりから、荘一郎は体調を崩しはじめたという。微熱が続き、食欲が急に落ちはじめた。それでも気丈な荘一郎だから、家にいたという。けれど、1週間ほど前から背中の痛みが出はじめた。かなりの痛みらしく、5日前に入院したという。

「で、具合は？」わたしは訊いた。「医師が言うには、ガンが骨髄《こつずい》に転移したらしい。いまは痛み止めでなんとかしてるけど……」

「けど？」

「もう長くはもたないだろうって医師は言ってる」と利行。

「あなたは毎日病院に？」訊くと、「ああ、学校が終わると毎日いってる」と利行。

「わたしがいったら、面会できるかな……」

「たぶんダメだと思う。本人が面会謝絶にしてるから」

「面会謝絶……」わたしは、つぶやいた。「ああ。やつれた自分の姿を見せるのは嫌だと言って、病室に入れるのは僕だけなんだ。ほかの家族も面会できないんだ」

「家族も……」思わず、わたしはつぶやいた。「そう。父も母も、面会できないんだ」利行は言った。荘一郎の性格を考えると、あり得ることだと思った。仕方ない。

「じゃ、いよいよとなったら電話をくれる？」わたしは利行に言った。自分の携帯の番号を教えた。

「ハーバー・マスター」とアナウンスが響いた。「事務所までおこしください。電話が入っています」

　プレジャーボート〈ISLAND〉の上架作業を手伝っていたわたしは、現場をスタッフにまかせる。早足で事務所に向かった。事務所に入る。女性社員が受話器の通話口を片手で押さえ、「澤田荘一郎オーナーです」と言った。わたしはうなずく。受話器を受けとった。

「ああ、君か」と荘一郎の声が受話器から響いた。声はやや細いけれど、ひどく弱々しくはない。

「面会謝絶にしてすまない。君の顔を見たい気もするが、私たちには、いろんな思い出があるしな」荘一郎は言った。

「なんか映画の台詞《せりふ》みたい」つとめて明るい声で、わたしは言った。そして、「確か、〈カサブランカ〉じゃない?」と言った。「そうだったかもしれないな……」と荘一郎。微笑を感じさせる穏やかな声で言った。

「会えなくてもいいけど、何か食べたいものとかないの?」わたしは訊いた。何秒かして、「そうだな……そろそろイナダの季節だな。もし天然物のイナダが手に入ったら、利行に持たせてくれないか」

「わかったわ」わたしは言った。長話をさせたくないので、電話を切った。

「天然物のイナダとなると、釣るしかないな」と雄作が言った。その夜、6時だった。イナダはブリの若魚。体長30センチから50センチのものをさす。地元の魚屋にも天然物はなかなか並ばない。「となると、茂さんに頼む?」と、わたし。雄作は、うなずいた。電話をとる。茂さんに連絡をとりはじめた。3分ほど話して切った。

「オーケイ。明日、釣りにいこう」


「このあたりから流しはじめようか」船の舵《かじ》を握っている茂さんが言った。午前10時。秋谷の沖、水深40メートルあたりの海域だった。わたしと雄作は、船の左右に差してある釣り竿《ざお》から、仕掛《しか》けを後ろの海に流した。イワシ・サイズのルアーだ。これに魚が喰《く》いつくと、リールが鳴るようにセットしてある。

茂さんは、ときおり魚探やGPSを見ながら、船をゆっくりと進めていく。4ノットぐらい。人が早足で歩くぐらいのスピードだ。

ルアーを流しはじめて5分後。右舷《うげん》側のリールがジーッと鳴った。わたしが左舷側の仕掛けを巻いて船に上げる。雄作が、魚のかかっている釣り竿を握る。ゆっくりとリールを巻く。魚が近づいてくる。船べりからのぞき込んでいた茂さんが、

「サバだ」と言った。海面に姿を現したのは、30センチほどのサバだった。

それからも、30分に1匹ぐらい、サバはかかった。けれど、目的のイナダは、かからない。昼を過ぎ、1時を過ぎ、2時を過ぎても……。

ジャーッ。いままでとはあきらかにちがうリール音が響いた。午後2時50分だった。茂さんが船のスピードを落とした。わたしが手早く右舷側の仕掛けを巻き上げる。雄作が慎重にリールを巻きはじめた。

魚が、船から10メートルぐらいまで寄ってきた。茂さんがもう魚をすくい上げるネットを用意している。あと3メートル。海面をのぞき込んでいた茂さんが、

「イナダだ！　慎重に」と言った。雄作がゆっくりとリールを巻く。魚が海面に姿を見せた。茂さんが、す早くネットですくい上げた。50センチ近いイナダだった。金色に輝く魚体が秋の陽射しをうけて光っている。茂さんは、イナダを船の生《い》け簀《す》に入れた。

そのときだった。わたしのポケットで携帯が鳴った。とり出す。利行からだった。わたしは心臓の鼓動《こどう》が早まるのを感じながら、携帯を耳に当てる。

「……お祖父《じい》ちゃん、ダメだった。今朝から急に容体が悪化して、15分前に……」と利行。その年なりに、覚悟をしていた感じの落ち着いた声で言った。

「……わかったわ。ありがとう……」

港に戻る船上。誰も口をきかなかった。わたしは、船べりでじっと海を見つめていた。そろそろ風が涼しくなりはじめていた。雄作が、わたしの肩を抱いてくれた。わたしは雄作の胸に頬を押しつけた。暮れていこうとする秋の海を見つめ、必死に涙をこらえていた。思い出すことが多過ぎた。心がキリキリと痛い。茂さんは、ひたすら前を見て船の舵を握っていた。わたしは、唇をきつく結んだ。真の悲しみは、これから先、潮が満ちてくるように確実におし寄せてくるのだろう……。

わたしが預かっていた荘一郎の遺言状どおり、葬儀はおこなわれなかった。家族だけで斎場にいったという。わたしは、荘一郎の顔を見にいかなかった。彼がまだ元気だった頃の顔だけを、心の中のファイルにしまっておきたかった。彼が茶毘《だび》にふされる日は、いつも通りハーバーで仕事をしていた。

荘一郎の屋敷とヨットは、孫の利行が相続することになった。荘一郎の銀行預金は、これも遺言状に書かれているように、ハーバー・マスターのわたしとマリーナが共同で管理し、ヨット〈MALAGA〉の維持費にあてていくことになった。このことに対し、荘一郎の息子、浩一からはなんの抗議もこなかった。浩一にしてみれば、社長の地位が安泰なら文句はないのだろう。

荘一郎の死から10日が過ぎた土曜日だった。利行がハーバーにやってきた。〈MALAGA〉を海に出したいという。まわりのスタッフは、ちょっと心配そうな顔をしている。けれど、利行の態度は、きっぱりとしていた。

「ヨットを一人で出す？」わたしは、利行に訊《き》き返していた。

「僕が一人でこのヨットを走らせている姿を、天国の祖父、いやお祖父ちゃんに見せてあげたいんだ」と言った。

そのとき、わたしは心を決めた。まわりにいるスタッフたちに、「出艇準備を手伝ってあげて」と言った。スタッフたちがうなずく。動きはじめた。

20分後。〈MALAGA〉のエンジンがかかった。小型のディーゼルが軽いエンジン音を響かせはじめた。スタッフたちが、ポンツーンの係留柱《ビット》に結びつけられていた舫《もや》いロープをはずした。

わたしはヨットの上の利行に、〈頑張って〉という表情で親指を立ててみせた。彼も、同じように親指を立てた。〈いってくるよ〉という表情で……。

やがて、ヨットは、ゆっくりとポンツーンをはなれた。利行が舵をとり、水路を抜けていく。ハーバーの出入港口に向かう。利行の表情は、かなり緊張している。そのせいか、ヨットの動きがスムーズではない。

それでも、なんとか〈MALAGA〉は出入港口を出た。わたしは、小走りでハーバー事務所の二階にあるテラスに駆け上がった。そこには、すでに5、6人のハーバー・スタッフたちがいた。ハーバーを出ていこうとする〈MALAGA〉を見ていた。みな、心配そうな表情をしている。

秋色の海には、そこそこの北東風が吹いていた。利行のヨットは、小さなプロペラを回して沖に出ていく。やがて、利行は、舵から手を離した。メインセイルという帆を上げようとした。

けれど、ヨットの進路を維持するオートパイロットをセットするのを忘れている。

ヨットは、風と潮に流されて左に曲がっていく。ハーバーのすぐ外の左側には、岩礁がある。けれど、利行はヨットの進路が曲がっていることに気づかない。ただ懸命にメインセイルを上げようとしている。

岩礁まで30メートル……20メートル……。

「ぶつかるぞ！」スタッフの1人が叫んだ。だが利行にはきこえない。

〈気づいて！　早く気づいて！〉わたしは心の中で叫んでいた。

岩礁まで、あと10メートル。利行は、やっと接近しようとしている岩礁に気づいた。

あわてて舵輪《だりん》にとびつく。舵輪を思いきり右に切りはじめた。

ヨットは右に曲がりはじめた。〈なんとか、ぶつからないで！〉わたしは祈った。

あと4、5メートルというところで、ヨットはきわどく岩礁のわきを通り過ぎた。

そのまま岩礁から離れていく。利行は、オートパイロットを入れ忘れていたことに、やっと気づいたようだ。オートパイロットをセットしたらしく、ヨットは、安定した進路で進みはじめた。

利行がまたメインセイルを上げはじめた。もたついてはいる。が、必死でやっているのが、離れていてもわかった。

やがて、メインセイルが完全に上がった。セイルが風をはらんで、美しい曲線を描いた。わたしの左右で見ていたスタッフたちから、歓声と拍手がわき上がった。

ヨットはいま、安定した姿勢を保ち、広い海に出ていこうとしていた。

わたしは、深呼吸。空を見上げた。秋の空に、一面のウロコ雲が拡がっている。わたしは、その上の天国にいる荘一郎に向かって語りかけていた。

〈荘一郎さん、見てる？　利行の初航海よ〉

そう語りかけていた。広い広い秋の空。拡がっているウロコ雲が、涙でぼやけはじめていた。かまうものか。わたしは涙をぬぐおうとせず、ただひたすら空を見上げていた。

あとがき

20年以上、葉山マリーナに船を置いていて、はっきりとわかってきたことがある。そのことが、今回の小説の隠《かく》れたテーマになっている。

マリーナには、さまざまな船のオーナーがさまざまな船を置いている。小さいものは200万円ほどで買えるものから、億という値段がする船まで、あらゆる大きさや価格の船が置かれている。

そんな船のオーナーたちを見ていると、大きく二つに分けられるのがわかる。それは、こういうことだ。マリーナに（立派な）船を置くことに満足しているオーナーと、船で海に出ることを楽しみや生きがいにしているオーナーに分けられるということだ。

今回の作品中、小説のタイトルが引用される場面がある。ヘミングウェイの小説『持つと持たぬと』。そのタイトルを引用して、ヒロインが少年に話をする。世の中には、何かを持つことに満足をする人間と、自分が何をできるかに価値を見出す人間がいる。あなたは、どちらの人間になりたいの、と、ヒロインは少年に尋《たず》ねる。一見さりげないこの場面に、実はこの物語の核となる部分が在《あ》ると言ってもいい。そして、作家としての僕の、〈生きる流儀《ウェイ・オブ・ライフ》〉が表出しているとも言えるだろう。

　言うまでもなく、僕自身、金さえ出せば買えるものにほとんど興味がない。LA《ロス》やハワイで、プールが3つもあるような豪邸を見せられても、何ひとつ感じない。どんな高級外車を見せられても、何百万円もする腕時計を見せられても、心にさざ波ひとつ立つことがない。

　僕の心が震えるときがあるとすれば、３００キロのカジキの背中に冷静沈着にギャフを打つキャプテンの動作であり、キーパーの指先をかすめてボールをゴールに蹴《け》り込むサッカー選手のシュートであり、エンジン音をきいただけでその車の不調箇所を発見するメカニックの姿なのだ。持つことではなく、やれることで人は決まると思っている。

　そんな作家の僕が、今回の作品で誕生させたヒロイン、小森夏佳《こもりなつか》は、まさに僕の人生観を身にまとっている。

夏佳は、金持ち娘ではない。車も持っていない。もちろんブランド物など持っていない。けれど、彼女はさまざまなことができる。海辺育ちなので、誰より上手に泳ぎ潜ることができる。ヨットやボートの操船がプロのレベルでできる。海や天気の状況を正確に読むことができる。そして、男まさりの決断力をあわせ持っている。

そんな彼女が、ある偶然から湘南にあるマリーナのハーバー・マスター（ハーバー全体の責任者）に抜てきされることから物語は動き出す。

もともと男性社会であったハーバー業務のトップに、29歳の女性が抜てきされたのだから、周囲に波風が立つのは当然だろう。けれど、彼女はもちまえの度胸と頭の良さで、それを次つぎとのりこえていく。そして、さまざまな事情を背負った船のオーナーたちと心を通わせ、小さな奇跡を起こしていく……。

ストーリーをこれ以上書いてしまうのは、野暮というものだろう。海風の中で展開される大人の青春小説が、グラス一杯のジン・トニックのように、あなたの心にしみてくれれば、作者としては満足というものだ。

今回の作品を完成させるにあたっては、角川書店の新しい担当編集者・宮下菜穂子さんとのミックス・ダブルスでした。宮下さん、お疲れさま！
そして、この本を手にしてくれたすべての読者の皆さんへ、ありがとう。また会えるときまで、少しだけグッドバイです。

秋の色が深まる葉山で　　喜多嶋　隆

※このあとに案内のある僕のファン・クラブですが、最近では会員の年齢が上がってきています（読者の年齢層が上がっているのでしょう）。三十代、四十代、五十代はもちろん、六十代の方もいます。そんな会員の方たちは、たとえば二十代の若い会員の方々とも楽しく交流されているようです。自分はもう年だからなどと照れずに、ぜひ仲間に入ってください。

〈喜多嶋隆ファン・クラブ案内〉

〈芸能人でもないのに、ファン・クラブなんて〉とかなり照れながらも、熱心な方々の応援と後押しではじめたファン・クラブですが、はじめてみたら好評で、発足して16年をむかえることができました。

このクラブのおかげで、読者の方々と直接的なふれあいの機会もふえ、新刊の感想などがダイレクトにきけるようになったのは、僕にとって大きな収穫でした。とはいうものの、17年もやっていると、どうしてもマンネリ化してきた部分もあります。そこで、現時点では、リニューアルをはかる方向でいろいろと検討しているところです。これからの入会を考えている方は、メール、FAXなどで、事務局に確認をしていただければと思います。

〈ファン・クラブが用意している基本的なもの〉

①会報……僕の手描き会報。カラーイラストや写真入りです。僕の近況、仕事の裏話。ショート・エッセイ。サイン入り新刊プレゼントなどの内容です。
②バースデー・カード……会員の方の誕生日には、僕が撮った写真を使ったバースデー・カードが、実筆サイン入りで届きます。
③ホームページ……会員専用のHPです。掲示板が中心ですが、僕の近況のスナップ写真などもアップしています。ここで、お仲間を見つけた会員の方も多いようです。
④イベント……年に何回か、僕自身が参加する気楽な集まりを、主に湘南でやっています。
⑤新刊プレゼント……新刊が出るたびに、サイン入りでプレゼントしています。
★ほかにも、いろいろな企画をやっているのですが、くわしくは、事務局に問い合わせをしてください。

※問い合わせ先

FAX　046・876・0062
Eメール　coconuts@jeans.ocn.ne.jp

※お問い合わせの時には、お名前、ご住所をお忘れなく。当然ながら、いただいたお名前、ご住所などは、ファン・クラブの案内、通知などの目的以外には使用いたしません。

本書は書き下ろしです。

Miss《ミス》ハーバー・マスター

喜多嶋《きたじま》 隆《たかし》

平成26年 11月25日　初版発行
令和6年 12月15日　6版発行

発行者●山下直久

発行●株式会社KADOKAWA
〒102-8177　東京都千代田区富士見2-13-3
電話　0570-002-301（ナビダイヤル）

角川文庫 18863

印刷所●株式会社KADOKAWA
製本所●株式会社KADOKAWA

表紙画●和田三造

●お問い合わせ
https://www.kadokawa.co.jp/（「お問い合わせ」へお進みください）
※内容によっては、お答えできない場合があります。
※サポートは日本国内のみとさせていただきます。
※Japanese text only

ISBN978-4-04-102302-0　C0193

角川文庫発刊に際して

角　川　源　義

第二次世界大戦の敗北は、軍事力の敗北であった以上に、私たちの若い文化力の敗退であった。私たちの文化が戦争に対して如何に無力であり、単なるあだ花に過ぎなかったかを、私たちは身を以て体験し痛感した。西洋近代文化の摂取にとって、明治以後八十年の歳月は決して短かすぎたとは言えない。にもかかわらず、近代文化の伝統を確立し、自由な批判と柔軟な良識に富む文化層として自らを形成することに私たちは失敗して来た。そしてこれは、各層への文化の普及滲透を任務とする出版人の責任でもあった。

一九四五年以来、私たちは再び振出しに戻り、第一歩から踏み出すことを余儀なくされた。これは大きな不幸ではあるが、反面、これまでの混沌・未熟・歪曲の中にあった我が国の文化に秩序と確たる基礎を齎らすためには絶好の機会でもある。角川書店は、このような祖国の文化的危機にあたり、微力をも顧みず再建の礎石たるべき抱負と決意とをもって出発したが、ここに創立以来の念願を果すべく角川文庫を発刊する。これまで刊行されたあらゆる全集叢書文庫類の長所と短所とを検討し、古今東西の不朽の典籍を、良心的編集のもとに、廉価に、そして書架にふさわしい美本として、多くのひとびとに提供しようとする。しかし私たちは徒らに百科全書的な知識のジレッタントを作ることを目的とせず、あくまで祖国の文化に秩序と再建への道を示し、この文庫を角川書店の栄ある事業として、今後永久に継続発展せしめ、学芸と教養との殿堂として大成せんことを期したい。多くの読書子の愛情ある忠言と支持とによって、この希望と抱負とを完遂せしめられんことを願う。

一九四九年五月三日

角川文庫ベストセラー

恋のぼり 二人で見ていた、あの空に 喜多嶋　隆

夫を亡くし息子と15年ぶりに戻った地元・葉山で、咲は周雲龍という中国人青年と出会う。釣りを通じて惹かれ始めた二人は、やがて秘密のサインを送り合い始める……不器用な恋の切なさを描く上質の恋愛小説。

ラブソングが歌えない 喜多嶋　隆

鎌倉でプロバンドを目指す高校3年生の僕の前に、彼女はあらわれた。ピアニストとして将来を嘱望される音大生、悠子。違いすぎる境遇に生きる彼女に僕は恋をした……青春の痛みときらめきを描く恋愛長編。

地図を捨てた彼女たち 喜多嶋　隆

恋、仕事、結婚、夢……人生のさまざまな局面で訪れるターニングポイント。迷いや不安、とまどいと闘いながら勇気を持ってそれぞれの道を選び取っていく女性たちの美しさ、輝きを描く。大人のための青春短編集。

みんな孤独だけど 喜多嶋　隆

誰もがみな孤独をかかえている。けれど、だからこそ自然と心は寄り添う……。都会のかたすみで、南洋の陽射しのなかで……思いがけなく出会い、惹かれ合う孤独な男と女。大人のための極上の恋愛ストーリー！

かもめ達のホテル 喜多嶋　隆

湘南のかたすみにひっそりとたたずむ、隠れ家のような一軒のホテル。海辺のホテルに集う訳あり客たちが心に秘める謎と事件とは？　若き女性オーナー・美咲が彼らの秘密を解きほぐす。心に響く連作恋愛小説。